SUEÑOS DE UNA JOVEN ELFA

V. M. SANG

Traducido por
PATRICIA MORALES

A mi tía Millie y al tío Albert (a quien llamé Pop). Sin ellos no habría podido tener la educación que tuve, por lo tanto, no habría podido escribir este libro.

CAPÍTULO UNO

"¡Asfolesaria!" llamó a la madre de la joven elfa. "¿Vas a salir?"

"He quedado con Sysilina, madre. Hay un nuevo lugar que se abrió al otro lado de Cuantisarilishon. Se llama Bar de Alimisoro, y hemos oído que es fantástico. Vamos a ir a ver que tal."

"Me gustaría que te abstuvieras de usar palabras de argot, querida. Tan común. No olvides que somos parientes del Señor Elfo."

"Solo distante, Madre." Asfolesaria saltó por la puerta para encontrarse con su amiga. "No espero que se entere, así que no te preocupes."

Unos minutos más tarde, las dos chicas corrían hacia el nuevo bar y salón de baile especialmente abierto para los jóvenes. Los jóvenes tenían poco que hacer en Cuantisarilishon, y algunos de ellos se volvían un poco rebeldes de vez en cuando.

"Mi primo, Gerralishirondo, fue anoche. Dice que es genial," dijo Sysilina, mientras trotaban por la ciudad capital de Rindisilaran, la tierra de los elfos. "Él dice que había elfos tocando música, y todos estaban bailando."

"Suena increíble." Asfolesaria sonrió a su amiga. "¿Dijo que tan lejos está?"

"Oh, Asfodel." Sysilina usó el diminutivo nombre de su amiga. "Te dije que son sólo unos pocos árboles. Bueno, quizás un poco más que eso, pero solo a media milla."

Los elfos construyeron su ciudad de Cuantisarilishon profundamente en el bosque. Muchos de los que la visitaron por primera vez no sabían que habían llegado. Los elfos habían construido algunos de sus edificios en los propios árboles, con agujeros como ventanas. Las pasarelas se extendían de árbol en árbol. Para cualquiera que no mire hacia arriba, parecería que no había nada más que bosque.

Las chicas corrían por estos pasillos, pasando por residencias y talleres, hasta llegar a un edificio que se extendía sobre las ramas de varios grandes robles. La música y la risa vinieron de las puertas abiertas. Las chicas se detuvieron y se miraron.

Asfodel tomó un respiro. "Bueno, hemos llegado, así que podríamos entrar."

Ella igualó sus acciones a sus palabras, y Sysilina lo siguió.

Las linternas envolvieron la habitación y dieron un aire festivo a los alrededores. Los asientos rodeaban pequeñas mesas, en la mayoría de las cuales había elfos jóvenes sentados y parloteando. Una pista de baile ocupaba el centro de la sala, con un número de jóvenes bailando al son de la música.

Las chicas miraron a su alrededor. Sysilina notó una mesa vacía cerca de la banda. Se dirigieron a ella y se sentaron. Sysilina les trajo jugo de frutas del bar, y se sentaron, bebiendo sus bebidas y escuchando la música.

"¿No es Linisharovno el que está allí?" Asfodel susurró sobre un joven que fue a la escuela con ellas. "¿Quién está con él? No lo he visto antes."

Sysilina miró hacia donde apuntaba Asfodel. "Sí. Hace mucho que no veo a Lin. Su amigo está bueno, ¿no crees?"

Las chicas comenzaron a reírse, pero se detuvieron

rápidamente cuando notaron que la pareja las miraba. Los dos jóvenes sonrieron y caminaron hacia ellas.

"¿Vienen hacia acá?" Asfodel miró su bebida.

"No lo sé. Hay un grupo de chicas en la mesa de al lado. Espero que vayan hacia ellas."

Pero no. Vinieron y se pararon frente a Asfodel y Sysilina.

"No las he visto desde que salimos del colegio," dijo Linisharovno. "¿Dónde se han estado escondiendo?"

"No lo olvides, vives en el lado opuesto de la ciudad de nosotros", dijo Sysilina. "No nos hemos estado escondiendo. No vamos mucho por allí."

Linisharovno se sentó en un asiento vacío. "Este es mi primo, Vassinamorro. Vass, esta es Asfolesaria, conocida como Asfodel. Y Sysilina, conocida como Syssi."

El otro joven tiró de una silla y se sentó. Su sonrisa hizo que el estómago de Asfodel se volteara. Tenía ojos azules y pelo rubio, y era alto para ser un elfo, medía 1,80 m. Tenía la constitución de alguien que cuidaba su cuerpo.

"Encantado de conocerte," dijo. "Soy nuevo en Cuantisarilishon. Lin me ha estado mostrando todo. Es una ciudad hermosa, pero palidece en insignificancia junto a la belleza de sus chicas."

Ambas chicas se sonrojaron y murmuraron su agradecimiento por el cumplido.

"¿Puedo traerte un trago?" Lin se puso de pie.

Las chicas lo aceptaron. Mientras se alejaba, Vass le preguntó a Asfodel si le gustaría bailar. Ella aceptó, y él la acompañó a la pista de baile, poniendo un brazo guía en la parte baja de su espalda. El corazón de Asfodel comenzó a latir.

Vass bailó con tanta gracia como un dragón en vuelo, y Asfodel sintió que tenía alas en sus pies, era tan fácil bailar con él. Cuando su mano tocó la de ella, los bebés dragones comenzaron a bailar en su estómago, y ella pensó que se derretiría en sus ojos azules. Su pelo negro voló alrededor de su cabeza mientras se retorcía y la giraba en el baile. La levantó y la hizo girar, y ella jadeó sorprendida, lo que le hizo reír.

El baile terminó y volvieron a sus asientos.

Lin bailó con Syssi, luego con Asfodel mientras Vass bailaba con Syssi. Asfodel miró a la pareja, pisándole los pies a Lin unas cuantas veces, pero se rio.

"Mi primo tiene ese efecto en las mujeres", le susurró al oído la quinta vez que se perdió un golpe y le pisó los pies. "Desearía tener su apariencia y encanto."

Las chicas bailaron con Vass y Lin toda la noche, los dos jóvenes se turnaron con ambos. Se hizo de noche. El tiempo se detuvo mientras hablaban y bailaban.

El maestro de ceremonias anunció el último baile. Vass guio a Asfodel a la pista de baile por última vez cuando comenzó la música lenta. La acercó mientras se movían por el suelo. Demasiado pronto, la música se detuvo y los jóvenes se prepararon para partir.

Los cuatro dejaron el edificio juntos. Las luces que lo habían iluminado tan intensamente se apagaban una a una, y las pocas lámparas en los pasillos, altas en los árboles, daban solo un poco de luz.

"No me gusta la idea de que camines solo en la oscuridad", dijo Vass. "¿Podemos acompañarlas a casa?"

Las niñas estuvieron de acuerdo, y los cuatro jóvenes deambularon por las pasarelas de los árboles hasta las casas de las niñas.

"¿Vas a ir de nuevo al Bar de Ali?" Dijo Vass, mientras estaban afuera de la casa de Asfodel.

Las chicas se miraron. Asfodel tuvo que contenerse de responder demasiado rápido. Seguro que volvería si Vass estuviera allí.

"¿Qué te parece, Syssi? ¿Deberíamos volver?"

"Creo que deberíamos intentarlo otra vez. Me divertí esta noche. La música era excelente, y las bebidas también. También han hecho maravillas con la decoración."

Vass miró a ambas chicas a su vez. "Quizás nos veamos allí en otro momento."

Los dos jóvenes dejaron a las niñas, caminaron unos pasos y se giraron para saludar.

Asfodel entró en su casa y subió las escaleras hasta su habitación. Se arrojó sobre su cama, sonriendo, luego se volvió contra su estómago y gimió.

¿Le gusto? ¿Le gusta más Syssi? Oh, no sé quién le gusta más.

Ella pensó en la forma en que miraba a sus ojos grises cuando bailaban, y su estómago se volvió a girar. Pensó que un minuto le gustaba más. Luego, al siguiente, pensó en cómo había mirado a Syssi, y decidió que le gustaba más Syssi.

Con sus pensamientos en confusión, se quedó dormida.

Asfodel pasó los siguientes días en confusión. Su madre la reprendió varias veces por olvidar pequeñas cosas.

"En serio, Asfolesaria. Cualquiera pensaría que estás enamorada. ¿Qué te pasa?"

Su padre se rio. "Quizás ella está enamorada. Ella está en esa edad."

Su madre se volvió hacia su marido. "Es de la Casa Real. No se le puede permitir enamorarse. Ella tendrá que casarse con alguien adecuado."

¿Que si estoy enamorada?

Asfodel deambuló por la ciudad. Tenía un mandado que hacer para su madre, pero encontró sus pasos llevándola a un desvío por donde vivía Lin.

Al pasar por su casa, los dos jóvenes salieron.

"Asfodel," llamó Vass. "Me alegro de haberte visto. ¿Irás con Syssi al Bar de Alli esta noche? Lin y yo vamos a ir y me gustaría mucho que tú también estuvieras ahí."

"No lo sé. Hace días que no veo a Syssi. Iré a preguntarle cuando haya hecho los mandados que mamá quiere que haga."

Syssi accedió a ir esa noche para encontrarse con los dos jóvenes. Asfodel todavía estaba confundida. Vass había dicho que le gustaría que estuvieran allí, pero ¿se refería a ella, Syssi, o a ambas?

Más tarde esa noche, se hizo evidente que el interés de Vass estaba en Asfodel. Bailó con ella toda la noche y apenas le quitó los ojos de encima cuando no estaban bailando.

Esa noche, la acompañó a casa sin el acompañamiento de Syssi y Lin, que caminaron a casa por separado. A mitad de camino a la casa de Asfodel, sus manos se tocaron. Su estómago se volcó de nuevo cuando Vass tomó su mano en la suya. Caminaron en silencio, cada uno feliz en compañía del otro. El mundo a su alrededor había desaparecido. En cuanto a Asfodel, solo Vass existía en el mundo.

Demasiado pronto, la caminata terminó y se quedaron afuera de su casa. Vass puso un dedo bajo su barbilla, levantó su cara y dobló su cabeza para besarla. Cuando sus labios se encontraron con los suyos, pensó que se desmayaría de placer.

El beso parecía durar para siempre, pero terminó demasiado pronto. Asfodel se apoyó contra el pecho de Vass y él la sostuvo cerca.

"Eres la chica más hermosa que he conocido. Ojalá pudiéramos quedarnos así para siempre."

Asfodel suspiró, y su lado práctico pasó a primer plano.

"Yo también, Vass, pero mi madre se preguntará dónde estoy. Me temo que debo entrar."

Vass volvió a inclinar la cabeza y dio un apasionado beso en la boca de Asfodel. Él se puso de pie y miró mientras ella subía la rampa que llevaba a su casa entre los árboles.

～

Las visitas de Asfodel y Syssi al Bar de Ali se hicieron más frecuentes en los próximos meses. Asfodel no mantuvo deliberadamente su relación con Vass en secreto de sus padres. Ella nunca se molestó en decirles. No parecía importante que lo supieran.

Estaba absorta en su creciente relación con Vass. Eso era todo lo que le parecía importante a la chica. Era amable y atento, y siempre la felicitaba por su aspecto.

Dos veces por semana, ella y Syssi iban al Bar de Ali y se reunían con los dos jóvenes. Esto duró dos meses. Bailaron y hablaron entre las luces y la música del lugar.

Una noche, mientras estaban en el balcón del Bar, Vass se volvió hacia Asfodel y la besó. Un búho resonó en el árbol junto a ellos, y Vass sonrió.

Volviendo a Asfodel, dijo: "Siempre parece que nos encontramos donde hay otros, Asfo. Vayamos a algún lugar donde podamos estar solos. Solo los dos."

"A mí me gustaría. Solo los dos."

"¿Estarás ocupada mañana? Podríamos ir a dar un paseo. Quizás fuera de la ciudad."

Asfodel le sonrió, sus ojos grises bailando. "No iré a ningún lado mañana por la tarde. Sí, vamos a hacer eso."

A la tarde siguiente, el sol brillaba y era cálido, siendo casi pleno verano. La pareja se sentó fuera de la ciudad, al lado del río que fluía a través de ella. Un árbol había caído hace mucho tiempo, y su tronco yacía sobre el claro que había hecho.

Se sentaron en el tronco, colgando sus pies en el agua para enfriarlos. El río borboteaba ignorando todo excepto su propio recorrido. Las aves saltaban de rama en rama, llamándose unas a otras. Un par de tórtolas se sentaron en un árbol cerca, acicalándose unas a otras.

"Míralos." Vass señaló a los pájaros. "Ellos están enamorados."

El macho voló e hizo *coo-hoo-hoo-hooo*, antes de aterrizar

junto a su compañera, y comenzaron su acicalamiento de nuevo.

"Como te amo, Asfo." Se inclinó y la besó.

Cerró los ojos y sintió como si estuviera volando con las palomas. Una vez más, el tiempo se detuvo.

Hablaban y besaban, y besaban y hablaban, hasta que Asfodel decidió que era mejor que volviera a casa antes de que oscureciera.

La pareja continuó reuniéndose en lugares distintos al Bar de Ali, y dio frecuentes paseos por la tierra fuera de la ciudad. Si su madre pensaba algo, supuso que su hija había salido con Syssi.

Un día, después de que Asfodel y Vass se hubieran estado viendo durante casi un año, el padre de Asfodel la llamó a su estudio.

"Tengo algo que decirte", dijo. "¿Te acuerdas de Frishillondor? Vino aquí no hace mucho para comer con nosotros, ya que tenía negocios con él y quería ayudarlo. Bueno, parece que estaba muy impresionado contigo, y me ha pedido tu mano en matrimonio."

Asfodel jadeó.

"Sí, es una sorpresa, ¿no? Y un honor también. Tu madre está encantada. Está más cerca del Señor Elfo que nosotros. Su hermana es la madre del Señor Elfo. ¡Imagínate! Así que, por supuesto, acepté inmediatamente."

"¡No!" gritó Asfodel. "No puedo casarme con él. Es viejo. No me casaré con él."

"Tranquila, niña," contestó su padre. "No es tan viejo. Es más joven que yo. De todas maneras, insisto en este matrimonio. Será un gran impulso para nuestra familia. Todos nuestros negocios se beneficiarán enormemente con él como patrocinador. Lo discutiremos cuando regresemos de visitar a tu hermana."

Asfodel zapateó fuerte. "Dije que no me casaré con él y lo digo en serio."

Salió corriendo del salón tirando la puerta detrás de ella.

CAPÍTULO DOS

Asfodel salió furiosa de la casa, con lágrimas en los ojos. Iría a ver a Vass. Él tendría una solución. No podía -no quería- casarse con ese hombre. Era viejo, a pesar de lo que dijera su padre. Estaba mal obligar a alguien a casarse contra su voluntad. Una cosa era que los dos estuvieran de acuerdo, pero ella no. Ella amaba a Vass. Si se casaba con Frishillondor, nunca volvería a ver a Vass. Y eso no podía soportarlo.

Asfodel corrió por el sendero en lo alto de los árboles. Se balanceaba un poco bajo sus pies, pero el movimiento familiar no parecía tan suave como en el pasado.

A la angustiada muchacha le pareció una eternidad hasta que vio el sendero que conducía al lugar donde Vass se alojaba con su primo, Lin. Al llegar, la puerta se abrió y salieron los dos jóvenes.

Vass corrió hacia Asfodel y la cogió en brazos. "Cariño mío, ¿qué te pasa?". Le apartó largos mechones de pelo negro de la cara, donde se le habían pegado las lágrimas.

Asfodel dejó de sollozar y apoyó la cabeza en su pecho. Ahora estaba a salvo. Vass no permitiría que se celebrara ese matrimonio. Ya se le ocurriría algo.

"Vass, es terrible. Padre me ha arreglado un matrimonio

con un hombre que es casi tan viejo como él. Le dije que no me casaré con ese hombre y salí corriendo de casa. Se enfadará mucho. Me obligará a casarme con Frishillondor, lo sé".

Las lágrimas comenzaron a caer una vez más.

Vass la apartó de él, sujetándola por los hombros, y la miró a los ojos grises, ya no tan claros como de costumbre.

Le sonrió. "Asfodel, te juro que no permitiré que se celebre esta boda. Te quiero y tú me quieres. Demos un paseo y pensemos un poco".

"¿Pero, ¿qué vamos a hacer?" Empezó a respirar más deprisa. "Sé que deberíamos estar juntos, Vass, y me aseguraré de que lo estemos. No sé cómo, pero pase lo que pase, no me casaré con este hombre".

Las lágrimas de Asfodel habían cesado, y lo que había sido angustia se convirtió en ira. Cerró los puños, apretó los labios y miró a Vass. Vio su sonrisa y su corazón latió más deprisa. Sí, era el hombre adecuado para ella.

"No te gusta que te digan lo que tienes que hacer, ¿verdad? Vass la abrazó con fuerza.

"No es eso. Lo que no me gusta es que me digan que haga algo que sé que está mal. No lo haré. Mis padres se enfadarán mucho por la forma en que salí corriendo enfadada".

Asfodel se aferró al brazo de Vass para consolarse mientras caminaban entre los árboles, pensando.

Vass se volvió hacia Lin. "¿Crees que tus padres dejarán que Asfodel se quede esta noche? Quizá mañana sus padres se hayan calmado y estén dispuestos a entrar en razón".

Lin se encogió de hombros. "¡Hmm!" Se rascó la cabeza. "No será fácil. Después de todo, supongo que están de acuerdo con los padres de Asfodel en que ella debe casarse con el hombre que ellos elijan para ella".

Cuando empezó a oscurecer, el trío regresó a casa de Lin.

La madre de Lin estaba en la cocina, preparando la cena. Les daba la espalda mientras removía una olla de estofado. El sabroso olor impregnó la pequeña habitación y a Asfodel se le hizo la boca agua.

La madre de Lin se giró al oír sus pasos. "Ah, ahí estás. ¿Has dado un buen paseo? Lin, tu padre llegará pronto, así que lávate. Y tú también, Vass". Se volvió hacia Asfodel. "¿Te gustaría quedarte a cenar, Asfodel? Si estás segura de que a tus padres no les importará".

Asfodel miró a Vass, que sonrió a su tía.

Ella respondió: "No, no les importará. De hecho, ni siquiera lo sabrán hasta que yo se lo diga. Se han ido a pasar unos días con mi hermana".

Asfodel bordó ligeramente la verdad.

"Entonces está decidido. Te quedarás a comer con nosotros". Una sonrisa iluminó su rostro, y Asfodel pensó que hacía que la mujer pareciera hermosa.

"Necesitaré algunas verduras más si Asfodel se queda a comer con nosotros". Se volvió hacia Lin. "Ve a buscar algunas a la tienda, ¿quieres?"

Lin volvió con las verduras solicitadas y su madre empezó a pelar y cortar. Se detuvo y se apartó el pelo de los ojos. "He tenido una idea. ¿Cuánto tiempo van a estar fuera tus padres?"

Esto cogió a Asfodel por sorpresa. No había imaginado que la madre de Lin le haría esa pregunta.

"O-oh…e…No lo sé." Se miró los pies y luego volvió a mirar a la madre de Lin. "Daisy -esa es Dassirrola, mi hermana- espera un bebé cualquier día, y creo que se quedarán hasta que lo tenga".

Vass la miró y arqueó las cejas. Asfodel sonrió y asintió un poco para decir que era la verdad lo que contaba sobre su hermana.

"Oh, lo entiendo", dijo la madre de Lin. "Tu madre tiene suerte de teneros a las dos. Eso es raro en la humanidad élfica. La mayoría nos tenemos que conformar con un solo hijo". Volvió a coger el cuchillo y continuó cortando. "Lo que quería decir es: ¿te gustaría quedarte aquí mientras tus padres están fuera? Te sentirás muy sola en casa".

Vass ahogó una carcajada y a Lin casi se le cae la mandíbula al suelo. Qué fácil había resultado todo. Nada de argumentar para que Asfodel se quedara. Su bondadosa madre lo había hecho por ellos.

Lin le susurró a Asfodel: "¿Cuánto de eso era verdad?".

"Todo. Bueno, la parte de que Daisy va a tener un bebé pronto y mis padres van a visitarla". Asfodel le miró de reojo. "La parte de que se quedarán hasta que ella haya tenido el bebé no es cierta. Bueno, no del todo. Si por casualidad el bebé llegara mientras ellos están allí, no creo que nada hiciera que mi madre se fuera."

A la mañana siguiente, Vass llevó a Asfodel a pasear por el bosque a las afueras de la ciudad.

Una vez allí, la tomó de la mano. "Anoche apenas dormí, cariño. Estuve pensando y pensando cómo podemos estar juntos, y llegué a la conclusión de que sólo hay una manera. Debemos huir".

Asfodel se detuvo y le miró fijamente. "¿Huir? ¿Huir a dónde? Vayamos donde vayamos en Rindisilaran, nos encontrarán".

"No a cualquier parte de Rindisilaran. Este es un continente grande. Podríamos ir a Erian. Allí no nos encontrarían". Una mirada de emoción llenó sus ojos. "Pero debemos ir rápido. Tus padres podrían estar buscándote ya. Primero, pensarán que te quedaste con Syssi y no se preocuparán. Pero esta noche empezarán a preguntar. No tardarán en pensar en buscar aquí. Deberíamos marcharnos esta noche. O a más tardar, mañana por la mañana".

Asfodel caminó hasta la orilla de un pequeño arroyo que atravesaba el bosque.

"¿Irnos de Rindisilaran?"

"Sí".

"Nunca he vivido en otro sitio que no sea aquí, en Cuantisarilishon".

"Será una aventura emocionante para ti. Es la única manera que se me ocurre de que podamos estar juntos".

Asfodel se volvió hacia Vass, con una mirada decidida. "Iremos. Tengo algunas joyas y un poco de dinero. Si puedo conseguirlas sin que mis padres me vean, lo haré. Necesitaremos dinero".

"Yo también tengo un poco de dinero. No mucho, pero puedo trabajar. Y sabes leer y escribir, así que puedes conseguir un trabajo como escriba, espero. Nos las arreglaremos bien".

"Yo no hablo eriano, ¿y tú?".

Vass se rio. "No, pero ambos somos personas inteligentes. Y aprendimos élfico, ¿no? ¿Tan difícil puede ser aprender eriano?".

Asfodel rio entre dientes.

Vass la levantó y la hizo girar. "Por nuestra nueva vida en un nuevo país".

CAPÍTULO TRES

Asfodel se desplazó sigilosamente hacia su casa. ¿Habría vuelto su madre de casa de Daisy?

La suerte estaba con ella. Al entrar en la casa, echó un vistazo a cada una de las habitaciones por las que pasaba. Ni rastro de su madre. Su padre estaría trabajando, por supuesto. Tal vez Daisy se había puesto de parto. O tal vez su madre había salido a buscar algo.

Asfodel frunció el ceño. Tal vez había ido a buscar a su hija.

Entró en su dormitorio sin ser vista y cogió las joyas de la caja del tocador. Había unos cuantos collares y un medallón a Grillon, el dios de la naturaleza y las cosas salvajes. En el fondo de la caja había un anillo de rubíes y diamantes. Asfodel lo cogió. El gran rubí estaba en el centro de un anillo de pequeños diamantes.

"Abuela, ¿habrías aprobado que me fugara con Vass?". Suspiró mientras colocaba el anillo con sus otras joyas. "Probablemente no."

En el otro extremo de la caja del tocador estaba su alcancía. Tras cogerla, Asfodel la sacudió e hizo una mueca mientras vaciaba un pequeño número de monedas sobre su cama. Las había ahorrado de pequeños trabajos que hacía en su tiempo libre cuando aún iba a la escuela.

Asfodel había dejado la escuela el verano pasado y había estado buscando trabajo. Los elfos dependían exclusivamente de pequeñas industrias artesanales. La familia de Asfodel, al estar emparentada con el Señor de los Elfos, aunque fuera de forma lejana, pensaba que no debían participar en la manufactura, pero estaban deseando trabajar en empresas financieras.

Asfodel había pensado que le gustaría ayudar a los demás. Se consideraba una ocupación adecuada para un miembro de la Casa Real. Su prima trabajaba en un albergue para elfos pobres y enfermos. Algo por el estilo atraía a Asfodel. Pero ahora iba a vivir una aventura. Eso también era algo con lo que había soñado, pero que nunca pensó que ocurriría. Vería más mundo del que le permitía la casi cerrada comunidad elfa.

Asfodel metió algo de ropa extra en una mochila, optando por coger túnicas y pantalones e ignorando sus vestidos.

Alejándose de su casa, cerró la puerta y se dirigió a toda velocidad hacia donde esperaba Vass. Entrecerró los ojos mientras el sol le daba en los ojos. Asfodel saludó con la mano, y él saludó en respuesta. Había vuelto a casa de Lin y, al igual que Asfodel, había recogido algo de ropa y dinero. Sonrió cuando ella corrió hacia él, y partieron hacia el sudoeste, hacia la tierra de Erian.

Había algunos elfos por allí esta mañana. La pareja no había salido antes deliberadamente, cuando los elfos se dedicaban a sus diversas tareas. Ahora, todos estaban trabajando. Sólo un elfo se cruzó con ellos mientras la pareja atravesaba las pasarelas hacia las escaleras que conducían al suelo del bosque.

Asfodel miró hacia atrás. Podría ser la última vez que viera su ciudad natal o a su familia. Frunció el ceño. ¿Hacía lo correcto? Sus padres estarían preocupados al principio y luego desesperados. ¿Era justo hacerles pasar por eso?

Miró a Vass, y él esbozó la sonrisa que iluminaba su rostro.

Asfodel no podía vivir sin él. No podía casarse con un hombre al que no amaba, sólo para complacer las ambiciones de sus padres, y especialmente de su madre. No. Esto era lo correcto.

Apartó el rostro de todo lo que conocía y, sonriendo a Vass, se adentró en el bosque.

Asfodel conocía el bosque que atravesaron primero. Nunca había estado lejos de Cuantisarilishon, pero había jugado entre aquellos árboles mientras crecía. Conocía los pequeños arroyos y los árboles altos. Podía decirle a Vass cuáles eran los mejores para trepar y cuáles eran casi imposibles. Se rio mientras señalaba uno en el que Lin se había quedado atascado al trepar demasiado alto. Estuvo allí varias horas, hasta que llegó su padre y le ayudó.

La pareja se cogió de la mano durante el viaje, pero no se detuvo a comer. Asfodel sacó algo de comida que había robado de la despensa de su madre, y comieron mientras continuaban su viaje. Vass dijo que debían alejarse lo más posible. Los padres de Asfodel se pondrían nerviosos al caer la noche, al igual que los de Lin cuando Vass no regresara. Después de todo, él era su responsabilidad mientras permaneciera con ellos.

La oscuridad empezaba a penetrar y Asfodel se estremeció.

"¿Tienes frío?" dijo Vass.

Asfodel negó con la cabeza. "No, la verdad es que no. El bosque parece diferente por la noche".

"¿Nunca habías salido al bosque de noche?".

"Mis padres no me lo permitían. Soy una niña y no me dejan ir de aventuras".

Vass se detuvo en un claro donde corría un pequeño arroyo.

"Podemos quedarnos aquí esta noche. Necesitaremos fuego. Tú trae agua". Señaló el arroyo. "Yo recogeré leña".

Cuando Asfodel regresó, encontró a Vass cortando el césped en círculo.

"¿Qué estás haciendo?"

"Preparando un hogar. No puedo arriesgarme a prender fuego al bosque".

Asfodel se sentó y observó con interés. Después de cortar la hierba y dejarla a un lado, Vass cogió piedras de un montón que había recogido y las colocó formando un anillo alrededor del hogar. Asfodel se quedó mirando mientras encendía el fuego. Como era una niña, la carpintería no era algo que hubiera aprendido, pero Vass se había estado entrenando para ser cazador, y hacer fuego formaba parte de su entrenamiento.

Fascinada por la habilidad de Vass, se acercó sigilosamente. Golpeó el pedernal contra el acero para crear una chispa que hizo arder las hojas secas.

"¿Puedo ayudar?

"Sopla suavemente sobre las hojas para que ardan".

Asfodel accedió encantada y, a medida que las pequeñas ramitas prendían, fue echando algunas más grandes al fuego. Vass tomó el relevo, añadiendo poco a poco trozos más grandes de leña hasta que consiguió encender una hoguera abundante.

"Heno. Esto nos mantendrá a salvo esta noche". Se sentó sobre sus talones. "Los animales salvajes no se acercarán al fuego".

Asfodel miró alrededor del claro. Su corazón empezó a latir más deprisa mientras observaba los árboles de alrededor. No había pensado en los animales salvajes. Pero, por supuesto, habría osos, lobos y jabalíes, como mínimo. Se dio cuenta de lo poco preparada que estaba para esta aventura.

Vass le sonrió. "No se acercarán al fuego. Te lo prometo".

"¿Y si el fuego se apaga mientras dormimos?".

"Nos turnaremos para vigilarlo. No será como dormir

toda la noche, y mañana estaremos cansados, pero tenemos que asegurarnos de que siga encendido. Te dejaría dormir, pero yo también necesito descansar".

La atrajo hacia sí y la besó apasionadamente. Al sentir sus labios sobre los suyos, Asfodel se apretó contra él. Sus manos se deslizaron alrededor de su cuello sin ninguna intención consciente por su parte. Sintió su aliento caliente cuando él inclinó la cabeza y le besó el cuello, y sintió que el corazón de él se le aceleraba en el pecho, igual que el suyo.

Se sintió confusa. ¿Qué le estaba pasando?

Se apartó.

"¿Qué te pasa? ¿No me quieres?"

Asfodel le miró. "Estoy aquí, ¿no? ¿Estaría aquí si no te quisiera?".

"Bueno, ¿por qué te alejas?".

"Tengo miedo. Nunca... ya sabes". Se sonrojó. "¿Y si me quedo embarazada?"

Vass frunció el ceño. "¿Seguro que sabías lo que pasaría, viniendo conmigo? Quiero que nos casemos, pero no hace falta esperar. Ahora no estamos en Quantisarillishon".

"Oh, Vass, me preocupa un embarazo. Sé que los elfos esperan que los jóvenes experimenten, y no está mal visto. Pero la ilegitimidad sí. Se espera que nos aseguremos de no quedarnos embarazadas".

Vass se tumbó sobre las mantas y se dio la vuelta.

"Haz la primera guardia", espetó. "Te relevaré dentro de un rato. Y no dejes que se apague el fuego".

A Asfodel se le llenaron los ojos de lágrimas y se las quitó rápidamente. No iba a permitir que la ira de Vass la alterara. Era su primera pelea y, sin duda, tendrían muchas más a lo largo de sus vidas. Se acostumbraría y no dejaría que la afectara.

Al cabo de un rato, luchó por no cerrar los ojos. Se levantó y caminó por el claro, recogiendo más leña para encender el fuego mientras las llamas empezaban a chisporrotear y apagarse. Caminar le despejó un poco la cabeza y, cuando volvió a sentarse, Ulin, la luna plateada, atravesó las nubes sobre el claro. Asfodel sonrió. Ulin estaba llena y parecía sonreír.

Ella aprueba que nos vayamos de Cuantisarilishon.

Mientras miraba la luna, fue consciente de un destello plateado en el bosque.

Solo la luz de la luna.

Luego volvió a aparecer. Se volvió hacia donde creía que había aparecido.

Sí, había algo allí. Algo que los rayos de la luna habían distinguido. Algo grande y blanco.

Se acercó al fuego. Vass había dicho que los animales salvajes no se acercarían.

Agarró su amuleto Grillon y rezó al dios para que los protegiera.

La criatura entró en el claro como de puntillas. Asfodel se quedó sin aliento. Ante ella estaba la criatura más hermosa que jamás había visto. A primera vista, parecía un caballo blanco; por alguna razón supo que era macho. Tenía el pelaje plateado y una larga crin negra. Sus pezuñas eran hendidas, a diferencia de las de un caballo, y el plumaje que las rodeaba también era negro, como sus crines. Sacudió la cabeza y la mirada de Asfodel se fijó en el largo cuerno en espiral que le salía de la frente.

"Un unicornio", respiró.

Los unicornios eran criaturas raras, tímidas y raramente vistas. Este, sin embargo, cruzó el claro hacia ella, mirando de vez en cuando al dormido Vass.

Asfodel contuvo la respiración mientras la criatura se acercaba. Era una experiencia tan extraña que se preguntó si se había quedado dormida y estaba soñando.

Cuando el unicornio estuvo a poca distancia, se detuvo e inclinó la cabeza hacia delante para colocarle el cuerno en el hombro, rozándole la oreja. Asfodel alargó la mano y acarició el sedoso hocico del animal. El animal suspiró. Para su sorpresa, Asfodel oyó una voz en su cabeza.

No tengas miedo. No he venido a hacerte daño.

"No tengo miedo."

Traigo un mensaje. Tienes una promesa de matrimonio, pero no debes casarte con él. Encontrarás otro.

El unicornio miró a Vass mientras decía esto último y se volvió para salir al galope del claro.

Asfodel frunció el ceño. ¿Con quién no debe casarse? El unicornio debía de referirse a su matrimonio concertado. Ese era el prometido. Había mirado a Vass cuando dijo que ella encontraría a otro. Debe querer decir que Vass es el otro.

Vass se despertó y le dijo que durmiera un poco. Él atendería el fuego ahora.

Asfodel abrió la boca para contarle lo del unicornio, pero de algún modo era un momento demasiado precioso para compartirlo, así que se tumbó en su manta y se durmió rápidamente.

A la mañana siguiente, cuando Asfodel se despertó, Vass estaba apagando el fuego. Quitó las piedras de en medio a patadas antes de volver a colocar la hierba que había cortado. Cuando terminara, sería difícil ver que alguien había encendido fuego aquí.

Vass dijo poco mientras comían un poco de pan duro y queso, y caminaban tomados de la mano hacia lo que esperaban que fuera la frontera eriana.

"Vass, ¿qué pasa?" dijo Asfodel, tras una hora de caminata silenciosa.

"Te lo dije anoche. Me estoy volviendo loco estando toda la noche tan cerca de ti y sin poder hacerte el amor".

Asfodel suspiró. Seguía enfadado.

Ella se detuvo y lo miró. "Puedes esperar, Vass, seguro. Tendremos toda la vida para hacer el amor tanto como queramos en cuanto consiga las hierbas para evitar un embarazo."

Vass la miró con los ojos entrecerrados. "¿Te estás arrepintiendo de haberte venido conmigo?".

¿Se arrepentía? Ahora podía dar marcha atrás. Si sus padres se enteraban de su escapada, se enfadarían, sí. Muy enfadados. La castigarían, pero la perdonarían. Frishillondor no estaba tan mal. Era bastante apuesto para la edad de su padre y parecía amable. Ella podría llegar a amarlo, eventualmente.

"¿Y bien?" vociferó Vass.

Asfodel lo miró y sintió un vuelco en el estómago. Era el hombre al que amaba. Tenía todo el derecho a estar con él.

"Dejé mi casa y mi familia porque te quiero, Vass. Iría a cualquier parte para estar contigo. No me arrepiento de nada".

"Entonces, ¿por qué esperar a que hagamos el amor? Los elfos no tienen muchos bebés. No te quedarías embarazada antes de casarnos".

Sus ojos grises adquirieron un brillo acerado. "No es imposible, Vass. Mi madre tuvo dos hijos, pero la mayoría de los elfos sólo tienen uno. Somos de la Casa Real, y hay gemelos en la línea Real. Somos más fértiles que la mayoría de los elfos. No me arriesgaré".

Vass se sumió en el silencio.

Después de caminar durante otra hora, se volvió hacia ella y le dijo: "Eres una chica de lo más testaruda, Asfolesaria".

Suavizó sus palabras con una sonrisa, que Asfodel devolvió, respirando aliviada al ver que su ira se disipaba.

Pasaron tres días mientras viajaban hacia Erian. No vieron señales de persecución durante ese tiempo, ni encontraron ningún peligro por parte de los habitantes del bosque. Vass había acertado al decir que el fuego mantenía alejadas a las bestias salvajes.

Después de esos tres días, los árboles se ralearon y encontraron un camino que se dirigía hacia el oeste. Lo siguieron y pronto vieron humo saliendo de las chimeneas de una pequeña aldea humana.

"¡Debemos estar en Erian!" Dijo Vass. "Por fin. Ahora puedes ir a buscar esas hierbas de las que hablabas".

" Mentalidad única". Asfodel se rio, y echó a correr hacia la aldea.

CAPÍTULO CUATRO

Una vez en el pueblo, Asfodel y Vass encontraron una posada, donde reservaron una habitación.

Vass dijo: "Si hay trabajo en este lugar, podemos buscar un sitio donde vivir. Si no, tendremos que seguir adelante".

Asfodel dejó a Vass hablando con algunos aldeanos en el bar de la posada sobre trabajo. Al parecer, por estar cerca de la frontera con Rindisilaran, la mayoría de los aldeanos hablaban al menos algo de élfico.

Paseó por una calle empedrada, mirando a su alrededor. Nunca había estado en una aldea humana, y eso despertó su interés. Había algunos árboles alrededor de un espacio verde en el centro.

No hay suficientes árboles. ¿Como puede la gente vivir sin arboles?

Las casas también la fascinaban. Todas estaban en el suelo. Nadie había construido entre los árboles. El suelo era de adoquines duros y no crecía hierba ni flores silvestres.

Asfodel frunció el ceño. En un lugar así, los animales salvajes no podrían sobrevivir.

A lo largo de la calle, no muy lejos de la zona verde, se encontró con algunas tiendas. Había una panadería junto a una tienda de ollas y sartenes. Miró a su alrededor hasta que encontró lo que buscaba: un herbolario, reconocible por el ramo de lavanda seca que colgaba en el exterior.

Al entrar en la tienda, respiró hondo. El aroma de las plantas que colgaban de las vigas le recordó al bosque. No se había dado cuenta, hasta ahora, de que el aroma había desaparecido en el pueblo.

Una anciana canosa dejó de atar hierbas en manojos. Se estiró y miró a Asfodel, subiéndose las gafas por la nariz.

"Eres nueva aquí. Vienes de Rindisilaran, supongo", dijo en un élfico pasable. "No muchos elfos salen del bosque. No te gusta mucho la civilización, ¿verdad? Prefieres tu estilo de vida salvaje".

Resopló y murmuró algo en voz baja, pero Asfodel estaba segura de haberlo oído, *"Criaturas incivilizadas."*

La mujer negó con la cabeza. "¿Qué puedo hacer por ti?"

"¿Tiene alguna hierba para prevenir el embarazo?"

"¿Es para ti?" La anciana miró por encima de sus gafas, frunciendo el ceño.

Asfodel asintió, y la anciana frunció el ceño.

"¿Estás casada?"

Asfodel se sonrojó y se miró los pies. "¿Por qué lo pregunta?

"Porque no fomento la promiscuidad. No vendo a mujeres solteras".

"S-sí", mintió Asfodell. "Nos casamos en Cuantisarilishon, justo antes de venir aquí".

"Hmm." La anciana miró de nuevo a Asfodel. "No sé si estás mintiendo o no. No sé lo suficiente sobre los elfos".

Se dio la vuelta y acercó la mano a una caja que había en la estantería detrás de ella. Después de pesar algunas hierbas, cogió otra caja. De ésta añadió una hierba diferente, las puso en un mortero y empezó a machacarlas. El dulce olor de una hierba se impuso al acre olor de la otra.

Cuando la anciana terminó, cogió una olla pequeña,

vertió las hierbas en ella y la tapó. Asfodel se preguntó qué hierbas serían.

Se tomó un respiro para preguntar, cuando la anciana volvió a hablar.

"Cada noche, tómate un té hecho con una cucharada de la mezcla y no tendrás problemas con el embarazo. Tienes suficiente para tres o cuatro semanas. Pero no lo olvides: tienes que tomarlo todas las noches".

Asfodel entregó el dinero que pedía la anciana, contenta de ver que aceptaba monedas élficas.

Probablemente era porque vivían en la frontera. Ella miró alrededor de la tienda. *Sería bueno entender de hierbas y regentar una tienda así. Ayudar a la gente cuando está enferma.*

Tras recoger el bote de hierbas, Asfodel corrió de vuelta a la posada.

Vass se echó a reír cuando le dijo que había comprado las hierbas, y la subió corriendo a su habitación.

Asfodel se estremeció. Amaba a Vass y deseaba hacerle el amor. Recordó cómo su cuerpo reaccionó al de él en el bosque aquella primera noche. Se había sentido bien y le había resultado difícil resistirse. Pero había llegado el momento.

Sus manos se juntaron y luego se soltaron, como por voluntad propia. Miró a Vass a los ojos, luego a sus pies y fue incapaz de quedarse quieta.

Vass la tranquilizó. "Es tu primera vez. Seguro que tienes miedo. No te haré daño".

En respuesta a su beso, su corazón comenzó a acelerarse. Le rodeó el cuello con los brazos y se acercó a él, anhelando la intimidad que se había negado a sí misma. Él la abrazó antes de llevarla hacia la cama, sin soltarla en ningún momento.

Ahora que el miedo al embarazo había desaparecido, sentía una libertad renovada junto a él. Se relajó. Sus besos eran tan ardientes como los de Vass. Él se apartó, y al principio ella se preguntó si había hecho algo mal. Empezó a quitarse la ropa. Cuando terminó, se tumbó a su lado y le quitó lentamente la suya. Ella se sonrojó al pensar que él la veía desnuda.

Él sonrió mientras la miraba. "Eres la criatura más hermosa de Vimar, y yo soy el hombre más afortunado del mundo".

Vass se quedó pensativo y se tomó su tiempo. Sí, dolía un poco, pero no tanto como ella pensaba.

En los días siguientes, el dolor fue desapareciendo hasta que pudieron hacer el amor sin que ella se estremeciera.

No había trabajo en el pueblo, y se fueron después de su segunda noche en la posada. Vass dijo que debían ir a Frelli, la capital de Erian. Allí habría más trabajo, y partieron temprano por la mañana.

Tardaron seis días en llegar a Frelli. La capital se encontraba en un amplio valle de los Montes del Juicio Final, no lejos de la frontera con Grosmer. En tiempos pasados, había habido muchas guerras y escaramuzas entre los dos países vecinos, y Frelli se había convertido más en una fortificación que en una ciudad.

Desde el lado eriano, parecía una ciudad típica, con murallas que la rodeaban. Pero en el lado de Grosmer, el valle se estrechaba y se habían construido robustas murallas que lo cruzaban, impidiendo completamente el acceso. La única forma de entrar era a través de la solitaria puerta.

Asfodel y Vass se acercaron por el lado eriano. Cuando llegaron a la puerta de la ciudad, el guardia los miró de arriba abajo.

"Elfos, por lo que veo. No se ven muchos de vuestra especie tan lejos de la frontera. Aun así, vosotros dos no sois ningún peligro". Se rio. "No es que los elfos sean un problema. Son criaturas pacíficas. No como ellos al otro lado de las montañas. Mantenemos una guardia completa allí. Por si acaso. No se puede confiar en los grosmerianos".

Les hizo un gesto para que pasaran.

Deambularon por las calles, repletas de gente, y sus miradas se dirigieron a todas partes. Ninguno de los dos había visto una ciudad tan enorme.

"Así que esto es Frelli", dijo Asfodel, mientras buscaban una posada. "No estoy segura de que me guste. No hay muchos árboles".

Vass se encogió de hombros. "Podemos quedarnos aquí un tiempo y ganar algo de dinero. Cuando tengamos suficiente, podremos ir a algún sitio que te guste más".

Asfodel sonrió. "Sí. Algún lugar donde pueda florecer la vida salvaje. Quizá una pequeña granja en el campo".

Vass la rodeó con el brazo. "No sé nada de agricultura, pero si eso es lo que quieres, aprenderé".

Las calles de la ciudad serpenteaban en espiral colina arriba hacia un castillo con una gran torre. Al principio, el trazado de la calle parecía sencillo, pero pronto descubrieron que era un laberinto. Pronto se perdieron.

"¿No hemos estado aquí antes?" dijo Asfodel, mientras pasaban junto a una gran mansión.

Vass frunció el ceño. "Sí, creo que sí. La última vez fuimos por la izquierda. Vayamos ahora por la derecha".

Finalmente, la pareja encontró una posada. El sol había empezado a ponerse, y al entrar se encontraron con una sala muy concurrida y un bar al fondo. Vass se acercó al barman y le preguntó si hablaba élfico. El hombre se quedó en blanco. Pronto, tras muchas señas, el hombre comprendió y les indicó una habitación pequeña pero limpia que daba a una plaza.

"Tenemos que conseguir dinero eriano", dijo Asfodel. "No creo que acepten el nuestro".

"Quédate aquí, Asfodel. Yo iré a averiguar dónde hay un cambista".

Asfodel se sentó en una mesa de su habitación. Había una pluma, papel y sobres listos para quien quisiera escribir una carta. Pensó que sería una buena idea escribir a sus padres para hacerles saber que estaba bien y por qué se había escapado.

Asfodel cogió la pluma y la sumergió en la tinta. Permaneció casi una hora sentada con la hoja en blanco delante. No encontraba palabras para explicar sus actos.

Cuando Vass regresó, ella seguía sentada, mordisqueando la pluma.

Blandió una bolsa. " ¡Lo tengo! No tuve que ir muy lejos, pero casi me pierdo". Frunció el ceño. "Es difícil, no hablar el idioma. Tenemos que aprender rápido".

A la mañana siguiente, cada uno se puso a buscar trabajo.

Asfodel encontró a un escriba que buscaba a alguien que supiera leer y escribir. Que Asfodel no supiera hablar eriano no le preocupaba. El trabajo consistía simplemente en copiar.

A Vass le costó más encontrar trabajo. No tenía las habilidades requeridas por los negocios en Frelli, y el idioma era un problema.

"¿No podrías conseguir algo como jornalero?" le preguntó Asfodel una tarde.

"¿Qué? ¿Mugriento y volver a casa contigo sucio?". Le levantó un mechón de su pelo negro y se lo besó. "Te tengo más respeto que para esperar que vivas con alguien sucio".

"Pero podrías lavarte, Vass. Apenas te vería sucio".

Vass la miró. "Asfodel, los jornaleros acaban con la suciedad arraigada en la piel, y las manos duras. No quiero tener que poner las manos callosas en tu hermosa piel".

Asfodel suspiró. No discutió más, pero pensó que no le importaría, siempre y cuando las manos pertenecieran a Vass.

Él se marchó a la mañana siguiente para seguir buscando trabajo y un lugar donde vivir. Asfodel se marchó poco después para comenzar su nuevo trabajo en la escribanía.

Entró en la escribanía y miró a su alrededor. Había dos escritorios, uno frente al otro, con tinteros y plumas listos para usar. En la pared del fondo había estantes con más tinta y plumas, además de papel.

Mediante signos, el escriba, que se llamaba Krommel, le indicaba lo que quería que copiara. Asfodel se puso a trabajar con diligencia. Una o dos veces, Krommel se acercó a mirar su trabajo, asintió con la cabeza y volvió a su escritorio.

Copió una página tras otra. Algunas palabras aparecían muchas veces, y le preguntaba a Krommel su significado. Cuando llegó la hora de irse, había aprendido varias palabras erianas.

Al final del día, Asfodel decidió gastar parte del dinero que había ganado y comprarse un vestido. Buscó una modista y encargó un vestido de tela amarilla dorada. Estaría listo la semana siguiente. Se lo guardaría como sorpresa para Vass.

Se apresuró a volver a la posada para contarle su trabajo.

Le dijo que ese día no había buscado trabajo, sino que les había encontrado un lugar donde vivir. Había hecho un pequeño depósito con su dinero y podrían mudarse inmediatamente.

Asfodel estaba encantada, pero dijo: "¿Por qué no esperaste a que llegara a casa antes de aceptarlo? Me hubiera gustado poder opinar sobre dónde vamos a vivir".

Vass la abrazó. "Asfo, querida, no me atreví a esperar. El lugar podría haberse ido para cuando llegaras a casa. No hay muchos sitios para alquilar en esta ciudad, ya sabes. Tenía que tomar una decisión enseguida".

Recogieron sus escasos bienes y, tras una última comida en la posada, se dirigieron al apartamento que Vass había encontrado.

Asfodel se detuvo al final de la calle. Se llevó la mano a la boca y negó con la cabeza. Estaba en el barrio más pobre de la ciudad, con ratas correteando por todas partes.

El apartamento constaba de dos habitaciones. En el centro había una alfombra mugrienta y un sofá que parecía sacado de un vertedero. Había un fregadero grasiento en una esquina de la habitación y una chimenea con un horno al lado. La chimenea tenía cenizas de varios fuegos.

Mientras estaba allí de pie, sin poder creer que Vass hubiera accedido a alquilar este lugar, una cucaracha se le cruzó por los pies.

"Vass, esto es horrible. No podemos vivir aquí".

"Sólo será hasta que encuentre trabajo y podamos conseguir algo mejor. Cariño, de momento no podemos permitirnos otra cosa".

"Supongo que no estará tan mal si consigo limpiarlo". Miró a su alrededor, arrugando la nariz contra el olor a humedad. "Empezaré ahora. Menos mal que comimos antes de salir de la posada. Yo no comería nada cocinado aquí".

Vass le dijo que sólo le estorbaría si se quedaba. No se le daba bien limpiar, así que saldría.

Asfodel apretó los labios y se levantó con las manos en las caderas.

"Llevo todo el día trabajando. Ahora debo pasar la tarde limpiando mientras tú sales. ¿Adónde irás?".

Vass se escabulló por la puerta.

No lo tenía todo a su gusto, pero era mejor que antes. Mató al menos dos docenas de cucarachas y salió a comprar ratoneras. Había encontrado excrementos en los armarios.

Al lado del fregadero había un armario grande, que llenó de productos de limpieza antes de limpiar un pequeño armario de malla para la comida. *Por lo menos las cucarachas y ratones no podían entrar allí.*

Poco podía hacer con la cama, pero estaba decidida a lavar las sábanas al día siguiente. Tenían acceso a un pequeño jardín en la parte trasera de la casa, y pensó que podría lavar las sábanas antes de irse a trabajar, colgarlas en el jardín y, con un poco de suerte, estarían secas cuando llegara a casa. En cuanto al colchón, poco podía hacer esa noche, pero vendería algunas de sus joyas para comprar uno nuevo.

Vass se presentó justo antes de la decimoctava hora del día.

En Vimar, el día empezaba al amanecer en los

equinoccios, a las seis de la mañana hora terrestre, por lo que Vass llegó a casa en plena noche.

Asfodel se apartó un mechón de pelo de los ojos y dejó de limpiar la chimenea.

"Llegas muy tarde".

"Lo siento. Me encontré con unos tipos en la taberna". Se tambaleó. "Me dijeron todo tipo de cosas. Oh, me siento mal." Corrió hacia el lavabo. "Así está mejor". Se desplomó en el sofá.

"¡Vass, estás borracho!" dijo Asfodel, pero él ya estaba roncando.

Las semanas siguientes siguieron un patrón similar. Asfodel limpiaba antes y después del trabajo, y Vass salía a conocer a sus nuevos amigos. Todas las noches volvía a casa borracho.

Unos días más tarde, Asfodel se sintió por fin satisfecha de lo que había hecho en el apartamento y salió a comprar flores. Encontró un tarro para ellas y las puso sobre la mesa. Después de preparar una comida con lo que podían permitirse, se puso su vestido nuevo y esperó a que llegara Vass.

La comida se enfrió y luego se congeló. Asfodel la tiró. Se hizo de noche y se quedó dormida en una silla. Le preocupaba que Vass hubiera ido a algún lugar de Frelli y se hubiera perdido en el laberinto de calles.

Cuando se despertó a la mañana siguiente, todavía en la silla, la puerta se abrió para recibir a Vass. Tenía ojeras por la preocupación y la falta de sueño.

"Asfodel". Vass la abrazó. "Tienes un aspecto horrible. Tan cansada". Le pasó un dedo por los ojos y luego se apartó, mirándola. "¿De dónde has sacado ese vestido?"

Ella le habló de la modista y le dijo que quería algo que la hiciera parecer una princesa.

Él frunció el ceño. "No puedes salir con él, Asfo. Mira el cuello. Es demasiado bajo. Casi se te ven las tetas. Póntelo aquí en el apartamento. Si lo llevas fuera, los hombres pensarán cosas. Ya sabes cómo son los humanos".

"No, no lo sé. Apenas conozco humanos. He estado aquí en el apartamento todas las noches, limpiando y cocinando. Sólo conozco a mi patrón. Y no puedes decirme qué ponerme".

La rodeó con los brazos. "Es porque me importas, cariño. Me importas demasiado como para que los hombres tengan pensamientos lascivos sobre ti. Hoy no vayas a trabajar. Quédate aquí y descansa".

Asfodel bostezó y le apartó de un empujón.

"Debo hacerlo. No tienes trabajo, Vass. Te gastas lo que gano, bebiendo con tus supuestos amigos".

Vass se rio. "Lo estoy invirtiendo. Mis amigos pueden conseguirme trabajo. Necesito mantenerme en su lado bueno, así que debo beber con ellos".

"Qué tipo de trabajo? Parece que tus *amigos* no hacen mucho."

Vass se dio un golpecito en la nariz. "Aún no puedo decir nada. Primero tengo que arreglar algunas cosas. Pero ten por seguro que pronto tendré más dinero del que jamás hayas soñado".

Asfodel se dirigió a la puerta y se dio la vuelta antes de salir.

"Nunca he soñado con dinero, Vass. Sólo contigo".

CAPÍTULO CINCO

Un día, cuando llevaban seis meses en Frelli, Vass llevó a sus amigos a casa. Se sentaron alrededor de la mesa, bebiendo, riendo y haciendo mucho ruido.

Asfodel se fue al dormitorio y se tumbó en la cama. El ruido se hizo más fuerte, las risas más ásperas. Se puso los dedos en los oídos, pero seguía oyéndolos.

Se incorporó y se inclinó hacia la puerta, frunciendo el ceño. ¿Qué decían? Las palabras sonaban confusas.

Se acercó sigilosamente a la puerta y la abrió un poco. ¿Quiénes son esos hombres que Vass considera tan importantes?

Sentados alrededor de la mesa, el grupo de cinco hombres, incluido Vass, sostenía vasos de licor enano. Devolvieron las copas y uno de ellos sirvió otra.

Oyó más palabras. Esta vez, le resultaron un poco más claras.

"Esta es la mercancía. Es oro para traer dinero. La gente lo necesita. Pagarán lo que sea por esto".

¿Que hay en esa bolsita? ¿En qué gastaría tanto dinero la gente?

Sigilosamente cerró la puerta y se sentó en la cama. *Algo no está bien. Esos hombres no son verdaderos amigos, piense lo que piense*

Vass. Somos nuevos en las grandes ciudades. Hay tantas cosas que no entendemos.

Oyó que la puerta se cerraba y que Vass se despedía. Entró en el pasillo y gritó algo tras ellos, pero ella no alcanzó a oír lo que decía.

Asfodel suspiró y empezó a prepararse para acostarse. Vass entró en la habitación. Le brillaban los ojos y le balbuceó algo.

"¿Qué has dicho? ¿Estás borracho otra vez?"

"Sí... no... quizá un poco. Asfo, esto es genial. Mis amigos tienen un trabajo que puedo hacer por ellos". Se sentó en el borde de la cama, pero no pudo acomodarse, inquieto todo el tiempo.

Se levantó y empezó a pasearse por la habitación mientras hablaba. "Podré ganar mucho dinero. No necesitarás trabajar".

"Vass, estoy cansada. Llevo todo el día trabajando, y tú traes a tus amigos a casa, y son ruidosos y descarados". Ella bostezó. "No me gustan. No son buenos para ti".

Vass se rio de ella. "Lo que a ti te guste no importa. Lo que a mí me guste tampoco, la verdad. Este trabajo nos dará dinero. Seremos ricos". Se sentó en la cama junto a ella y le acarició el pelo. "No me gusta que trabajes, Asfo. Me importas demasiado como para pensar en que te vayas a trabajar como una esclava a la oficina de ese escriba. Deberías decirle que ya no vas a trabajar allí".

Ella le apartó la mano y se acercó a la ventana. Se quedó mirando durante unos minutos y luego se volvió.

"Me gusta trabajar, Vass. ¿Qué haría todo el día aquí, en este pequeño apartamento? Tampoco vería a nadie".

"No sería por mucho tiempo. Pronto podríamos comprar esa granja que quieres". Se acercó a ella y le besó el cuello. "Eso es lo que quieres, ¿no? Un lugar en el campo, con árboles, muchos árboles".

Se miró los pies. "Sí. Eso es lo que me gustaría. Tú y yo en una pequeña granja, trabajando la tierra juntos". Ella le apartó. "¿Qué es este trabajo que nos hará ricos en tan poco tiempo?"

Él se enderezó y la llevó hacia la cama. "No necesitas saberlo, Asfo. Todo lo que necesitas entender es que, con este trabajo, podremos conseguir esa granja más rápido. Tendré dinero. Tendremos dinero. Entonces podremos casarnos".

"¿Cuándo, Vass? Apenas veo que traes algo. Creo que esos hombres te están utilizando para sus propios fines".

Él la besó, y todas sus ansiedades huyeron mientras las mariposas empezaban a revolotear de nuevo en su estómago. Se relajó en sus brazos mientras hacían el amor.

Como había dicho, él conseguiría algo de dinero y dejaría ese trabajo, fuera cual fuese. Podrían tener su granja y ser felices juntos.

Una semana después, Vass volvió a casa y puso una bolsa de monedas sobre la mesa.

"Te dije que conseguiría dinero, Asfodel, ¿no?". Sonrió.

"¿De dónde ha salido esto? No gano tanto en dos semanas".

"Ah..." Levantó un dedo. "De vender cosas".

"¿De vender qué?" Ella frunció el ceño.

"Cosas". Vass arrastró los pies y miró al suelo.

"¿De dónde lo has sacado? No lo habrás robado, ¿verdad?".

"¿Robar?" Los ojos de Vass se abrieron de par en par. "¿Por qué piensas que lo he robado? No soy un ladrón". La rodeó con un brazo y la miró a los ojos. "Te prometo que no lo he robado".

Asfodel se lo quitó de encima, se acercó a la mesa y cogió la bolsa.

"Porque no se me ocurre qué tenías para vender que diera tanto dinero". Volvió a tirar la bolsa al suelo. "Necesito saber de dónde has sacado *las cosas* que has vendido, Vass".

Vass se apartó de ella y se acercó a una silla. "Hablas

como mi madre, Asfodel. Mis amigos me lo dieron para que lo vendiera. Se llevaron parte del dinero que obtuve por ello, y yo me quedé con lo que quedaba. Ahora relájate. Tenemos dinero para el alquiler, y algo de sobra. Voy a salir otra vez".

Se levantó y salió de la habitación dando un portazo.

Asfodel se preocupó. Le preocupaba de dónde procedía el dinero y qué le habían dado a Vass para vender. Y le preocupaba el propio Vass. Parecía estar cambiando. Estaba fuera la mayor parte del tiempo, y cuando estaba dentro, no era tan cariñoso como solía ser.

Asfodel esperó... y esperó... y esperó. Finalmente se fue a la cama.

De madrugada, oyó que se abría la puerta y entró Vass. El joven, lleno de energía, se apresuró a sentarse en la cama.

"Ha sido una noche increíble, Asfo. Recorrimos toda la ciudad y mis amigos me llevaron a lugares que nunca habría encontrado sin ellos. Hay muchas tabernas escondidas en callejuelas, y no habría podido volver por mi cuenta".

Vass hizo una pausa para tomar aliento. Asfodel se frotó los ojos y se incorporó.

"En una taberna había un oso enjaulado al fondo. No te imaginas lo que era capaz de hacer. Y tenían un pájaro que hablaba, no sé de qué tipo, pero era muy colorido. Decía palabrotas como un... un... oh, no sé. Alguien que dice muchas palabrotas".

"Vass, más despacio. Apenas entiendo lo que dices".

Él soltó una risita, luego se puso de pie y empezó a saltar por la habitación como un niño. "Oh, me siento tan bien, Asfo. Podría hacer cualquier cosa. No puedo dormir. Sal conmigo".

"Vass, necesito descansar. Tengo que trabajar mañana."

"Oh, *pssh* a tu trabajo. Puedo ganar suficiente para los dos. Mira, aquí tengo otra bolsa de dinero".

Vass sacó una fina bolsa de su bolsillo y la puso sobre la mesa. Frunció el ceño y sus hombros se hundieron por un momento. Luego se echó a reír. "Oh, mira. Parece que me lo he gastado todo. Me pregunto cómo habrá sido".

Asfodel volvió a la cama y se dio la vuelta.

"Asfodel, sal conmigo, por favor".

Ella no le hizo caso, y Vass acabó marchándose una vez más, recogiendo la escasa bolsa de dinero mientras se marchaba.

~

Al cabo de otros tres meses, Vass acudió a Asfodel y le exigió que le diera dinero.

"Vass, has gastado dinero que no tenemos en tu bebida, y sospecho que también en drogas. Eso era *lo* que vendías, ¿no?".

La miró con los ojos entrecerrados. "¿Y qué si lo era? Nos dio dinero, ¿no? Nosotros también necesitábamos dinero".

Asfodel suspiró. "Vass, hace siglos que no traes dinero y te has gastado todas mis ganancias. No tengo dinero. Estamos endeudados y es probable que nos echen de este cuchitril porque no podemos pagar el alquiler. ¿Qué ha pasado? ¿Cómo has llegado a esto?". Sus ojos se llenaron de lágrimas. "¿Qué le ha pasado al Vass del que me enamoré?".

Vass se miró los pies. "Puedo hacerlo, Asfo. Puedo dejar de tomarla. No quiero perderte. Sólo necesito una dosis más. Sólo una. Lo dejaré, te lo prometo".

Asfodel se pasó la mano por los ojos. "¿Por qué la tomaste en primer lugar?"

"Me dijeron que debía conocer lo que vendía. Que probara un poco". Se enderezó y echó los hombros hacia atrás. "No te imaginas lo bien que me hizo sentir".

Le tendió la mano, pero ella retrocedió.

"Sentí que podía hacer cualquier cosa. Volar a las lunas, a las dos, una tras otra. Podría haber domado un dragón, cabalgado un lobo salvaje... cualquier cosa. Sólo necesito una bolsa más para vender y usar un poco yo mismo. La última. Lo prometo. Una vez que tenga el dinero, podremos dejar Frelli para siempre".

"No tenemos dinero, Vass. No puedo darte lo que no tenemos, aunque quisiera. Que no quiero".

Vass la miró fijamente; la mirada fuerte. "Entonces dame algunas de tus preciosas joyas para venderlas. Puedo conseguir más escamas de dragón en polvo de mis amigos. Puedo venderlas por más de lo que vale un collar. Con eso pagaré el alquiler y más".

Asfodel entregó de mala gana uno de sus collares de oro y Vass salió. Ella se marchó poco después a su propio trabajo.

Más tarde, ese mismo día, cuando llegó a casa, encontró a Vass sentado en una silla del apartamento. La miró cuando entró por la puerta.

"Necesito más joyas tuyas", le dijo. Ni un saludo, ni un beso.

"¿Dónde está el dinero que me prometiste cuando te di la última pieza?".

Vass se levantó y se acercó a ella. "Necesito más. No fue suficiente. Necesitaba pagar a mis amigos por lo que ya tenía. Ahora necesito dinero para conseguir más".

Asfodel le miró a los ojos. "Pues yo no te lo voy a dar. Te has gastado todo mi dinero y mi sueldo, y ahora vendes mis joyas. No vas a vender escamas de dragón, ¿verdad? Comprarás más a tus supuestos amigos y las usarás tú mismo. Eres adicto, Vass. Esa gente te vio venir. Te atraparon. Consiguen que empieces vendiendo la cosa, y prometen grandes riquezas. Luego te convencen para que lo pruebes tú mismo, y ¡pum! te vuelves adicto y gastas todo tu... no, *mi* dinero haciéndoles ricos *a ellos*".

Los ojos de Vass brillaron. "Dame tus joyas".

Alargó la mano hacia el armario donde Asfodel las guardaba.

"¡No!" Ella se paró frente a la puerta y le cerró el paso con los brazos abiertos, impidiéndole abrirla.

Vass abofeteó a Asfodel y luego le dio un puñetazo en el estómago. Ella se dobló de dolor mientras él metía la mano en el armario y cogía la bolsa de joyas. Al salir de la habitación, se le cayó un anillo. Asfodel se arrastró para recogerlo.

Lo cogió con la mano y cerró los ojos al imaginarse a su abuela con el anillo en el dedo. La elfa mayor, alta y morena, había sonreído a la niña sentada en sus rodillas. Asfodel había estirado la mano y tocado el anillo.

"Es lindo, abuela. Me gusta la hermosa piedra roja."

"Se llama rubí, querida," le dijo su abuela. *"Y los que la rodean son diamantes. Un día será tuyo."*

Aunque los elfos vivían mucho tiempo en comparación con los humanos, no eran eternos, contrariamente a lo que se creía. Tampoco eran inmunes a las enfermedades que asolaban el mundo de Vimar.

Su abuela había sucumbido a una de estas enfermedades el año anterior. Quería que Asfodel tuviera su anillo de compromiso como recuerdo.

Ahora, Asfodel apretaba el anillo mientras lloraba por lo que sabía que nunca sería. Necesitaba alejarse. Esta no sería su última dosis, ni la última vez que la golpearía. Las drogas le habían cambiado. Este no era el hombre con el que se había fugado.

De repente, se acordó del unicornio. ¿Era Vass de quien la criatura le había advertido? En su enamoramiento, había pensado que era Frishillondor. Pero le había prometido a Vass que se casaría con él. Tal vez esa era la promesa que debía olvidar. Pero, ¿quién era el otro al que el unicornio había prometido?

Asfodel recogió sus pocas pertenencias y buscó en el apartamento cualquier cosa que pudiera vender, y algo de comida. Lo metió todo en la bolsa que se había llevado de Cuantisarilishon cuando ella y Vass se habían fugado.

Se detuvo a pensar un momento, antes de abrirla de nuevo y sacar la mitad de la comida. Ni siquiera ahora podía dejar a Vass sin nada.

Se sonó la nariz, echó un vistazo al apartamento, que ahora parecía presentable después de todos sus esfuerzos, y salió por la puerta.

En la calle, algunas personas iban a lo suyo. Pero no se percataron de que una chica salía de su apartamento.

Vass no estaba a la vista. Asfodel supuso que había ido a vender sus joyas. La joyería estaba a la derecha, así que fue a la izquierda, hacia su lugar de trabajo.

Estaba oscuro, y Asfodel temblaba mientras caminaba por la calle. ¿Adónde podría ir? Quizá su jefe le permitiera pasar la noche allí. Entonces podría ir a ver si encontraba una caravana que saliera de Frelli, si era capaz de encontrar el camino hasta el estacionamiento de caravanas a través de las sinuosas calles en espiral de la ciudad.

Asfodel se encontró fuera de su lugar de trabajo. Las luces brillaban en las ventanas del piso de arriba. Llamó a la puerta.

Una cabeza apareció por esas ventanas. "¿Sí? ¿Qué desea? Ya hemos cerrado. Vuelva mañana".

CAPÍTULO SEIS

K rommel, el escriba, estaba volviendo a entrar cuando Asfodel entró en la luz proyectada por su ventana.

"Asfodel". Jadeó. "¿Qué haces aquí a estas horas de la noche? Espera, bajo enseguida".

Al cabo de no más de medio minuto, la puerta se abrió y Krommel hizo señas a la chica para que entrara. Ella miró a su alrededor antes de entrar en la sala donde hacían las copias todos los días, y luego se apresuró a cruzar la puerta. Krommel la cerró rápidamente y la condujo al piso de arriba, donde vivía su familia.

En cuanto entró en la habitación, la esposa de Krommel, una mujer regordeta de unos cuarenta años, se fijó en sus moratones.

"Querida, ¿qué te ha pasado? Deja que te cure las heridas. Siéntate allí".

Ahuyentó a un niño curioso y a dos niñas pequeñas mientras buscaba un paño y algunas hierbas para aliviar los moratones de la cara de Asfodel.

Krommel sirvió estofado en un cuenco y se lo dio a Asfodel, que comió agradecida.

La mujer de Krommel desapareció, pero regresó unos minutos después con un cuenco de agua.

"Esto está muy frío. Es de nuestro pozo". Mojó un paño en el agua y se lo dio a Asfodel. "Póntelo en la cara. Mantenlo ahí, pero vuelve a sumergirlo en el agua cuando se caliente. Tienes que dejártelo en la cara al menos quince minutos".

Cuando Asfodel terminó de comer y se sentó con el paño frío en la cara amoratada, Krommel mandó a las niñas a la cama. Asfodel miró al niño, con el ceño fruncido. La esposa del escriba se dio cuenta de que Asfodel no quería hablar delante del niño, y lo envió a la botica a buscar caléndula para sus moretones.

Cuando se hubo marchado, Asfodel le explicó lo sucedido.

"Necesito alejarme. Estoy seguro de que Vass intentará encontrarme. Necesito ir muy lejos. No puedo volver con él". Apoyó la cabeza en las manos y lloró.

La esposa de Krommel abrazó a la joven elfa. "Claro que no puedes. Los hombres que golpean a las mujeres nunca cambian. Dicen que lo sienten, y quizá sea así. Pero luego la bebida o las drogas vuelven a apoderarse de ellos, y seguirá ocurriendo".

"Todavía le quiero". Asfodel levantó el rostro bañado en lágrimas. "No sé por qué, después de lo que ha hecho. No sólo a mí, sino también a los demás, vendiéndoles drogas. Empezó a venderlas antes de empezar a tomarlas. Sé que, si lo viera y me lo pidiera, volvería con él. Por eso necesito alejarme".

Krommel sonrió. "Lamentaré perderte, muchacha. Pero estoy de acuerdo. Debes irte lejos. ¿Tienes dinero?"

Ella asintió. "Un poco. También tengo un anillo que puedo vender hasta que encuentre otro empleo".

"Bueno, debes tener tu paga por lo que has hecho desde tu último salario". Krommel se dirigió a una caja fuerte en la pared.

Volvió con una bolsa de dinero y se la entregó.

"Aquí hay más de lo que me debes", dijo Asfodel.

"Tómalo. Puedo permitirme darte una gratificación".

Le dio las gracias y guardó la bolsa en su mochila.

A la mañana siguiente, Krommel le dijo a su hijo que acompañara a Asfodel al estacionamiento de caravanas Se alegró de la compañía y orientación del muchacho, pues sabía que nunca lo habría encontrado por sí sola. Se encontraba justo dentro de las murallas, al oeste, una zona que Asfodel no conocía.

El muchacho se despidió, y Asfodel rebuscó en su mochila y encontró una pequeña moneda para darle. Le dio las gracias y desapareció entre la multitud que se congregaba en el estacionamiento de caravanas.

¿Cuál tomar? Asfodel miró alrededor de la gran plaza. Mientras miraba entre la multitud, tratando de decidirse, Asfodel vio una figura familiar. Vass. Parecía enfadado mientras apartaba a la gente. Su cabeza se giraba de un lado a otro, buscando.

¿Cómo había averiguado dónde estaba? ¿Se lo había dicho Krommel? No, su antiguo jefe no lo habría hecho, estaba segura. Tal vez lo adivinó.

Entonces la vio. Metió la mano en el bolsillo y le dio algo a un pequeño personaje. El hijo de Krommel. Vass había sobornado al niño para que dijera adónde la había llevado. No podía culpar al niño. Nadie le había dicho que no se lo dijera a Vass.

Su corazón latía con fuerza mientras miraba a su alrededor. Vio una caravana a punto de partir y se apresuró a preguntar al jefe si podía unirse a ella.

"Ya nos vamos", dijo, mientras los carros avanzaban. "¿Tienes monedas?"

"Tengo algunas. Lléveme hasta donde esto le permita".

El hombre cogió la moneda, y ella saltó al último vagón y observó cómo la figura de Vass se hacía cada vez más pequeña.

Asfodel tropezó al aterrizar en el carro cubierto.

Permaneció jadeando unos instantes, hasta que oyó una voz y una mano la levantó.

" Justo lo lograste", dijo una melodiosa voz femenina. "Unos segundos más y nos habrías perdido".

Asfodel miró a la mujer que la ayudó a sentarse. Llevaba una túnica blanca atada con una faja verde. Asfodel sabía que eso indicaba que la mujer era vicaria y sacerdotisa de Sylissa, la diosa de la vida y la curación. La mujer aparentaba unos cuarenta años, y algunas canas empezaban a brotar en su cabello oscuro. Sus ojos marrones tenían pequeñas líneas de risa alrededor, y sonrió a Asfodel.

"Gracias por su ayuda", dijo Asfodel. "Puede parecer una pregunta extraña, pero ¿adónde va esta caravana?".

La sacerdotisa enarcó las cejas. "A Bluehaven, en última instancia. Pero pasamos por otros pueblos. Primero pasamos por varios pueblos pequeños en Erian, antes de llegar a la frontera con Grosmer. No hay grandes ciudades entre Frelli y Grosmer". Se recostó en su asiento. "¿Adónde vas?"

Asfodel suspiró. "Adonde me lleve mi moneda".

La vicaria frunció el ceño. "¿Te escapas? ¿Qué has hecho? ¿O de quién huyes?"

Asfodel cerró los ojos un momento, luego los abrió y miró directamente a su compañero.

" Yo no he hecho nada. Es lo que él hizo".

La vicaria no dijo nada, pero siguió mirando a Asfodel.

Asfodel hizo una pausa, luego todo salió de golpe. Contó toda la historia, desde que conoció a Vass hasta que éste la golpeó. Se le llenaron los ojos de lágrimas y apartó la mirada.

La mujer se sentó junto a la chica y la abrazó. "Cometiste un error, sí. Pero todos cometemos errores, sobre todo cuando somos jóvenes. ¿Cuánto le diste al jefe de la caravana?".

Cuando Asfodel se lo dijo, soltó una carcajada. "Con eso no llegarás ni a la frontera".

"Vass vio en qué caravana iba. Cogerá la siguiente y vendrá a por mí, lo sé".

Su mirada se desvió alrededor del carro como si esperara ver a Vass saltar de detrás del techo de tela.

La sacerdotisa le dio una palmadita en la mano. "No te preocupes por eso por ahora. Ya se nos ocurrirá algo. La próxima caravana en esta dirección no llegará hasta dentro de un par de días. Por cierto, me llamo Trinelli".

"Asfodel."

La caravana se detuvo a comer al mediodía. Mientras comían, un hombre se les acercó corriendo.

"¡Vicaria!", gritó, mientras se acercaba. "Vicaria, por favor, venga a ver a mi mujer. Está enferma".

Trinelli se levantó. "¿Qué le ocurre?"

"Está vomitando y dice que se siente mareada. Dice que cada vez que se mueve, siente como si el mundo girara a su alrededor".

Trinelli siguió al hombre hasta un carro y entró en él. Por curiosidad, Asfodel le siguió. Se quedó de pie en la entrada del carro cubierto y observó cómo Trinelli colocaba las manos sobre la mujer y rezaba a Sylissa.

La cabeza de la sacerdotisa se inclinó hacia delante y Asfodel vio cómo la enferma empezaba a recuperar el color. Trinelli palideció. Asfodel creyó ver que algo fluía de Trinelli a la mujer, pero concluyó que se lo había imaginado.

Después de salir de la carreta y recibir el agradecimiento del hombre, Asfodel tuvo que apoyar a Trinelli de vuelta a su carreta. La mujer descansó un rato. Luego, cuando los carromatos volvieron a ponerse en marcha, volvió a su estado normal.

"¿Qué ha pasado ahí?" le preguntó Asfodel.

"¿La curación?"

Asfodel asintió.

"Bueno, recé a Sylissa. Me utilizó como conducto para enviar su poder curativo a la mujer".

"Pero fue más que eso, ¿no?".

"Sí. Cuando yo -o cualquiera de nosotros- cura a alguien,

la diosa envía su poder. Pero también necesita parte de nuestras esencias vitales para funcionar. Por eso siempre estamos cansados después de curar".

"Me pareció ver que algo iba de ti a ella", dijo Asfodel. "Pero no he podido, ¿verdad? Lo que le das es invisible".

Trinelli se quedó mirando a la joven elfa y frunció el ceño.

"No deberías haber podido ver nada". Sacudió la cabeza. "No sé qué significa esto, pero tengo que pensarlo".

La caravana se detuvo para pasar la noche. El líder se acercó a Asfodel y le dijo que su dinero sólo había dado pasaje hasta la siguiente aldea.

"Tengo esto". De mala gana le tendió un anillo. "Era de mi abuela. Creo que es valioso".

Trinelli se volvió hacia el jefe de la caravana, con los labios apretados.

"No puedes llevarte el anillo de su abuela. Es lo suficientemente valioso como para llevarla a Bluehaven y regresar".

"Bueno, ella no puede tener paso libre". Se encogió de hombros. "No tiene nada más. Es el anillo, o se va en la próxima parada".

Trinelli rebuscó en su bolso y sacó varias coronas de oro y un soberano, que entregó al hombre.

"Aquí tiene. Con esto pagará el viaje a Bluehaven".

El hombre cogió las monedas y se marchó.

"No puedo dejar que pagues por mí", dijo Asfodel. "Es mucho dinero. Cuando lleguemos a un pueblo, venderé mi anillo y te lo devolveré. Te lo prometo".

Trinelli sonrió a la joven. "No harás tal cosa. Si quieres devolvérmelo, puedes ayudarme cuando vaya a curar a la gente. La gente siempre enferma o se hace daño en estos viajes. Tu ayuda valdrá más para mí que una moneda. Voy a Bluehaven, al templo de allí, así que he pagado lo suficiente para que tú también vayas. Y si vas a Bluehaven, es en Grosmer, así que tendrás que aprender algo del idioma. Yo soy Grosmeriana, así que te enseñaré mientras viajamos".

El viaje continuó. Como Trinelli esperaba, sus habilidades curativas fueron requeridas en numerosas ocasiones. Fiel a su palabra, Asfodel ayudó todo lo que pudo. Rara vez era suficiente, porque la chica no había sido entrenada en curación. No sabía nada de nada. Ni siquiera los remedios más sencillos utilizados por casi todas las amas de casa del país.

Se había criado como hija privilegiada de una de las familias gobernantes de Cuantisarilishon. Aunque era de la realeza menor, no se había visto obligada a trabajar. El resultado era que sabía poco sobre cómo era la vida para la mayoría de la gente.

Los rituales curativos de Trinelli la fascinaban. Observaba tanto los remedios mundanos a base de hierbas y la ligadura de cortes, como aquellos en los que la diosa canalizaba a través de su sacerdotisa.

Un día, tras una semana de viaje, Asfodel preguntó a Trinelli por su diosa.

Trinelli esbozó una sonrisa reservada. "¿Qué sabes de Sylissa?".

"No mucho, la verdad. Los elfos adoramos a Grillon, ya que es el dios de la naturaleza y las cosas salvajes. Conocemos un poco a los demás. Grillon es nuestro dios, en realidad".

"Bueno, Sylissa es el dios de la vida y la curación. Es la hermana gemela de Kalhera, diosa de la muerte. Son como las dos caras de una moneda. El color de Sylissa es blanco, como puedes ver en mi túnica, mientras que el de Kalhera es negro".

Asfodel se acomodó para escuchar mientras Trinelli le contaba cómo Sylissa y Kalhera eran hijas de la jefa de los dioses, Kassilla, y su consorte, Grilló, el dios del conocimiento y el saber, y cómo cada una eligió algún aspecto de la vida para que fuera su jurisdicción.

Como Sylissa elegía ayudar a los enfermos, a veces había disputas entre las dos hermanas si Kalhera pensaba que Sylissa negaba la muerte a la gente, pero por lo general se llevaban bien.

Los sacerdotes de Sylissa eran los médicos y enfermeros del mundo, pero no dependían totalmente del poder del dios para curar enfermedades y heridas. También conocían otros métodos, como las hierbas y la manipulación. Podían curar huesos rotos, aunque a veces pedían ayuda a Sylissa.

La curación fascinó a Asfodel, que hizo preguntas sobre las distintas hierbas y otros métodos que utilizaba Trinelli. Se dio cuenta de que el resto del viaje transcurría rápidamente, ya que Trinelli le daba pequeñas cosas que hacer y lecciones de Grosmeriano.

Cuando se acercaban a Bluehaven, Trinelli se volvió hacia Asfodel. "Parece que tienes cierta aptitud para la curación. ¿Has pensado alguna vez en convertirte en sanadora?".

Los ojos de Asfodel se abrieron de par en par. "No estoy segura de ser una buena sacerdotisa".

"No tienes por qué. Tenemos laicos que nos ayudan. ¿Por qué no vienes al templo conmigo y ves allí a la Gran Madre? Entonces podrás decidir qué hacer."

CAPÍTULO SIETE

Después de llevarse sus joyas, Vass se alejó del apartamento que compartía con Asfodel. Le dolía la cabeza y temblaba.

Encontró un parque y se adentró en él. Las flores florecían en arriates separados por extensiones de césped perfectamente cortado, pero no había árboles. Por un momento, el elfo que había en él lo lamentó, pero su necesidad de más escamas de dragón en polvo lo abrumó.

Encontró un banco caldeado por el sol, pero aun así tembló. La luz le cegó y se cubrió los ojos con las manos.

Ella no debió obligarme a golpearla. No habría necesitado hacerlo si ella me hubiera dado las joyas. Fue su culpa que lo hiciera.

Se sentía mal. Necesitaba más escamas. Una última dosis. Empeñaría las joyas de Asfodel y compraría otro lote de droga, suficiente para tener también para él. Le sobraría dinero para canjear las joyas de Asfodel. Ella le perdonaría, lo sabía. Le quería.

Sacó las joyas y las miró, levantando un colgante de plata que llevaba en una cadena. Tenía forma de hoja. El platero había hecho un trabajo excelente. Si no hubiera sido por el color, Vass habría pensado que era una hoja de verdad. Le recordó a los árboles de Rindisilaran, y suspiró. Echaba de menos los árboles, igual que Asfodel.

Después de apartar el colgante, sacó un broche de oro con forma de mariposa y pequeños rubíes como ojos. Debería valer mucho.

Buscó en el resto de las joyas. ¿Dónde estaba el anillo que había pertenecido a la abuela de Asfodel? Ella se lo había enseñado con orgullo, diciéndole que no querría venderlo bajo ningún concepto. Era la pieza más valiosa que tenía, pero no era por eso por lo que Asfodel lo valoraba. Era la asociación con su querida abuela lo que la hacía especial.

Buscó en el suelo alrededor del asiento. No estaba allí.

Se me debió caer en el apartamento cuando cogí las joyas de Asfodel. No importa. Puedo buscarlo cuando vuelva. Incluso podría dejar que se lo quedara.

Pero antes, necesitaba esa dosis.

Salió del parque y se llevó la mano a la sien. Sentía como si un tamborilero estuviera sentado allí, tocando cada vez más fuerte. Se detuvo, sintiendo que iba a vomitar. Le corría el sudor, pero sentía frío. Empezó a temblar.

Se detuvo en la entrada del parque. ¿Por dónde? Esta ciudad era un laberinto de calles. Aunque llevaba un año viviendo aquí, seguía confundido.

Giró a la izquierda y, tambaleándose, llegó a otro cruce. No tenía ni idea de cómo llegar a la casa de empeños, así que giró a la derecha al azar. Luego a la izquierda. Luego otra vez a la izquierda. Finalmente, dio con la casa de empeños que había estado buscando.

Entró y colocó el colgante y el broche sobre el mostrador. El precio que el hombre ofrecía no era ni de lejos suficiente para que Vass pudiera conseguir lo suyo y le quedara lo suficiente para vender a otros. De mala gana, añadió un collar de perlas y otro broche.

El prestamista regateó, pero al final Vass salió con una bolsa de dinero. Tomaría una dosis más pequeña de lo habitual. Eso aliviaría el síndrome de abstinencia. La próxima vez, tal vez, no serían tan malos y podría soportarlos.

Se dobló al sentir una oleada de dolor. La gente que pasaba le miraba, pero se apresuraba a ocuparse de sus asuntos.

El dolor pasó y se tambaleó en dirección a la taberna donde se reunían él y sus amigos. Tras unas cuantas vueltas en falso, Vass se encontró en la puerta del Wyvern Blanco, y suspiró aliviado.

Al entrar, se aferró al marco de la puerta. La oleada de vértigo que le sobrevino casi le hizo desmayarse.

Un hombre en una mesa cercana le ayudó a sentarse. "¿Quiere ver a Corip?"

Vass asintió. Ya no encontraba palabras.

El hombre se levantó y se dirigió a una habitación trasera. Volvió inmediatamente con Corip, que agarró un mechón de pelo de Vass y le levantó la cabeza, que se había hundido en la mesa.

"Tienes mal aspecto. ¿Necesitas más escamas?".

Fue todo lo que Vass pudo hacer para responder: "Mmm".

"¿Tienes el dinero? Te faltó la última vez".

Vass asintió.

"Entonces ven a la trastienda".

Vass consiguió tambalearse tras Corip y, una vez en la trastienda, sacó la bolsa de dinero.

"Todo lo que esto me dé", graznó, dejándolo sobre la mesa.

Corip sacudió las monedas y las contó. Se volvió hacia un hombre que estaba en otra mesa, pesando un polvo rojo.

"Jer, dale una bolsa a Vass. Es todo lo que tiene".

Vass se hundió en una silla. "Pero la última vez me dieron el doble. Eso sólo será suficiente para mí".

"Puedes tener más, pero tendrás que pagarnos de lo que

obtenga por eso. Este material es excepcional. Mucho más fuerte que antes. Escamas de dragón rojo. Son más fuertes y más difíciles de conseguir. Cuesta más".

Vass cogió la bolsa de polvos que le lanzó Jer. La abrió y cogió una pizca. Lo inhaló.

"Cuidado. No necesitas tanto para conseguir el mismo efecto", dijo Jer.

Vass empezó a sentirse mejor de inmediato. Sólo había inhalado una pizca y ya le había hecho efecto. Tomó una pizca más, y luego otra, y otra, hasta que se sintió muy bien.

"Esto es tremendo, Corip. Creo que puedo hacer cualquier cosa". Empezó a bailar por la habitación. "Mírame. Mira cómo bailo. Mira qué guapo soy. Soy tan fuerte e inteligente".

Corip sonrió. "Coge esa bolsa para ti. Aquí tienes otras tres para que las vendas por mí. Puedes dividirlas y vender cantidades más pequeñas que las otras. Vuelve cuando las hayas vendido todas y nos repartiremos el dinero".

Sonriendo, Vass salió bailando de la trastienda, cruzó el bar y salió a la calle. Si conseguía vender la mitad de las escamas que antes, por el mismo precio, pronto podría recuperar las joyas de Asfodel, a pesar de la tajada de Corip. Después de todo, las cosas empezaban a ir bien. Y cuando le devolviera las joyas y saldaran sus deudas, Asfodel no haría cosas que le hicieran necesitar pegarle. Vivirían felices para siempre.

Saltó de vuelta a su apartamento.

Al entrar, la llamó. "Asfo. Asfo, ¿dónde estás?"

Ya debería estar de vuelta del trabajo. ¿Dónde está la estúpida zorra? ¿Por qué no ha venido directamente a casa a preparar la cena?

Su euforia empezó a evaporarse, sustituida por la ira. Recorrió el apartamento con furia hasta que se dio cuenta de que la ropa de ella había desaparecido. ¿Le había dejado? No lo haría, ¿verdad? Le quería.

Se le revolvió el estómago. Con su excitación por esta

nueva versión de las escamas de dragón en polvo, se había olvidado de comer. Miró en la alacena. Estaba vacía. La zorra se había llevado toda la comida.

Su mirada se posó en la encimera, junto al fregadero. Había un plato de comida. Una barra de pan, mantequilla y queso. Abrió la caja de la carne. Había carne y algunas verduras. Su favorita, la brondi, una verdura parecida a la col, estaba en el estante junto a la carne.

"Al menos me ha dejado comida para hoy", murmuró, cortándose una rebanada de pan y untándola con mantequilla.

Entonces se acordó del anillo. De rodillas, Vass buscó a tientas. No había rastro de él en ninguna parte. Se sentó sobre los talones. O Asfodel lo había encontrado y se lo había llevado, o lo había perdido en otra parte.

Se puso de pie y miró por la ventana. ¿Adónde iría? No conocía a nadie aquí, excepto a Krommel, el escriba. Se había asegurado de ello.

Sí. Ella iría allí.

Metiéndose el pan en la boca y tragándoselo de un bocado, Vass se levantó de un salto. Salió corriendo del apartamento y casi chocó con un hombre que caminaba por la calle.

"¡Mira por dónde vas!", le dijo el hombre. "¿A qué viene tanta prisa? El dragón te persigue, ¿no?".

Vass murmuró sus disculpas y siguió corriendo hacia donde vivía Krommel.

Si le digo que lo siento, volverá. Lo sé. Recuperaré sus joyas y todo volverá a ser como antes. Dejaré de usar escamas y encontraré un trabajo.

A medida que se acercaba al final de la calle donde vivían Krommel y su familia, vio a un niño que caminaba hacia la casa del escriba.

Lo reconoció. "Eh, tú eres el hijo de Krommel, ¿verdad?".

El chico se detuvo y asintió.

"Soy el... marido de Asfodel".

"Sí, lo sé. Te he visto con ella por aquí".

"No puedo encontrarla. No está en nuestro apartamento".

El chico ladeó la cabeza. "Anoche se quedó en nuestra casa. Alguien la golpeó. Supongo que la atacaron cuando volvía a casa. Entonces, ¿no la echaste de menos anoche?".

Vass se lo pensó un momento. "Tenía un gran trabajo que hacer y me llevó toda la noche. Llegué a casa no hace mucho y descubrí que había desaparecido. ¿Está todavía en tu casa? La llevaré a casa y cuidaré de ella si está herida".

El chico negó con la cabeza. "No. Se fue. La llevé al estacionamiento de caravanas. Parecía apurada, pero dijo que nunca encontraría el camino. Papá me pidió que la llevara. Volvía de allí".

Vass buscó en su bolsillo. Tenía algo de cambio suelto de la compra de las drogas.

Levantó una moneda de oro. "Te daré esto si me llevas al estacionamiento de caravanas. Nunca encontraré el camino en este laberinto de ciudad".

Los ojos del chico brillaron. "Te llevaré. Tienes que haber nacido aquí para saber orientarte. Construida así a propósito. Guerras, ves. Si un enemigo entra, se perderá y puede ser eliminado fácilmente".

No tardaron mucho en llegar al estacionamiento de caravanas. El muchacho conocía todos los caminos más rápidos, y pronto estuvieron cerca de la puerta occidental. La estrecha calle en la que se encontraban se abría a una enorme plaza. La gente bullía de un lado a otro, algunos cargados con bolsas, otros conduciendo caballos o bueyes, otros sentados al sol, charlando y bebiendo.

Algunas caravanas habían empezado a alinearse, listas para partir, y los guardias las flanqueaban.

Entonces la vio. Hablaba con un hombre. Vass la vio darle dinero.

"¡Asfo!", la llamó. "Asfodel, ¿adónde vas?".

Asfodel levantó la cabeza y le vio. Le dio una moneda de oro al chico, que salió corriendo hacia el laberinto de calles.

"Asfo, vuelve. Haré lo correcto. Te lo prometo".

Se dio la vuelta y corrió hacia la caravana que había empezado a salir de la plaza. La vio saltar a la última carreta, y una mano que tiraba de ella. Luego desapareció.

CAPÍTULO OCHO

Asfodel y Trinelli se sentaron junto al conductor mientras la caravana se acercaba a Bluehaven.

Asfodel olfateó. "Hay un olor en el aire. Pero no es desagradable. Es distinto a todo lo que he olido antes".

Trinelli sonrió a la chica. "Será el mar. Bluehaven se encuentra en el Mar Interior, justo enfrente de Isla Santa y Aspirilla, la capital de Grosmer. Es el más grande de los tres mares, y el más alejado del océano".

Asfodel pudo ver las casas blancas de la ciudad a lo lejos. Brillaban bajo el sol de verano mientras descendían por la colina hacia el mar. Desde esta elevación, Asfodel podía ver el puerto. Allí había dos grandes barcos y otros más pequeños.

Alrededor del puerto, las casas eran más pequeñas y no tan blancas. Se apiñaban como si buscaran refugio de las olas del mar.

Pronto, la caravana se acercó a las murallas y se detuvo ante la puerta, junto con otros carromatos que esperaban para entrar. Asfodel observó el caos. Algo les impedía avanzar. Al forzar la vista, vio un gran carro atascado en la puerta. La gente se apresuró a gritar.

"¡Tendrá que volver!", gritó alguien.

"No. Si empujamos, podremos hacerlo pasar".

Una tercera voz dijo: "Estúpido por no pensar en la anchura de la puerta. Ya ha estado aquí antes".

La gente se arremolinaba sin saber qué hacer.

Seis hombres se colocaron detrás del carro atascado y empujaron. Nada se movió.

Trinelli suspiró. "Parece que estaremos aquí un rato".

Al decir esto, la puerta se llenó de vítores y el vagón salió disparado como un corcho de una botella.

Tras otra media hora de espera, llegó su turno y un guardia inspeccionó todos los vagones para asegurarse de que no llevaban contrabando. Hurgó y pinchó todo lo que había dentro, y luego les pidió que se bajaran. "Abran sus mochilas, por favor".

Después de registrarlo todo y de arrugar la ropa que llevaban guardada, les hizo señas para que pasaran. El cochero cloqueó a los caballos y atravesaron la puerta.

Asfodel levantó la vista cuando pasaron bajo el arco. A primera vista parecía sólido, pero se dio cuenta de que algunas piedras habían empezado a desprenderse. Las paredes no estaban en mucho mejor estado. No haría falta mucho para que se derrumbaran.

Entonces preguntó a Trinelli sobre el tema.

La sacerdotisa se encogió de hombros. "Hoy en día no se necesitan muros. No hay guerras. Los viejos tiempos, cuando la ciudad luchaba contra la ciudad, hace tiempo que pasaron".

Asfodel miró a su alrededor. El olor a mar era más fuerte aquí en la ciudad. Respiró hondo. Olía a libertad y aventura. Las aves marinas revoloteaban por encima de ellos, gritándose unas a otras.

"Me pregunto qué estarán diciendo", le dice a Trinelli. "Tienen muchos cantos diferentes. Deben de significar algo".

Trinelli se encogió de hombros. "Nunca he pensado

mucho en ello. Son pájaros que siempre están aquí, haciendo ruido. Pueden ser molestos a primera hora de la mañana, cuando intentas dormir".

"Pero son tan bonitos. Mira qué blancos son comparados con el cielo azul".

Los pájaros volaban por encima de ellos mientras los carromatos empezaban a descender por la colina hacia la ciudad.

Asfodel pensó que esta ciudad era más hermosa que Frelli. Mientras el carro avanzaba, pasaron por delante de edificios de piedra blanca que parecían brillar a la luz del sol. Había un parque con árboles, y Asfodel decidió que iría allí en cuanto pudiera. En Frelli no había árboles.

Llegaron al estacionamiento de caravanas, que estaba cerca del puerto. Había siete carros en su caravana. Cuatro de ellos transportaban mercancías, y sólo tres llevaban pasajeros.

Mientras bajaban del asiento del carro y recogían sus cosas de la parte trasera, Trinelli se volvió hacia Asfodel.

"¿Dónde te vas a quedar? ¿Tienes alguna idea?"

A Asfodel se le cayó la cara de vergüenza. "No. Y sólo tengo mi anillo. Tendré que venderlo, después de todo, a pesar de tu amabilidad".

Trinelli negó con la cabeza. "¡No! No dejaré que vendas algo que significa tanto para ti".

"No aceptaré nada más de ti", dijo Asfodel. "Gracias por todo lo que has hecho por mí, pero ahora estoy sola. Estamos aquí y estoy a salvo de Vass. Me las arreglaré".

"No necesitas tomar nada de mí. Ven conmigo al templo. Mira cómo vivimos, y si quieres unirte a nosotros como sanadora laica". Trinelli sonrió. "Puedo entender que ser sacerdotisa no sea lo que quieres".

La pareja recorrió la corta distancia que separaba el estacionamiento de caravanas del templo de Sylissa. Aquí, los templos estaban repartidos por toda la ciudad. Trinelli le contó que algunas ciudades tenían un distrito de templos donde se agrupaban los templos de todos los dioses.

El templo de Sylissa se alzaba mucho más alto que los demás edificios que lo rodeaban, y Asfodel podía ver fácilmente su cúpula por encima de los tejados. Cruzaron una concurrida plaza de mercado, con bulliciosas multitudes comprando en los numerosos puestos. Los tenderos y vendedores pregonaban sus mercancías a los transeúntes, pero Trinelli no se detenía, por lo que Asfodel tuvo que contentarse con echar un breve vistazo a los productos.

Al estar en el mar, en Bluehaven se vendían cosas que Asfodel no había visto nunca. ¿Qué eran esas pequeñas frutas azules? Una gran verdura de hoja le llamó la atención, pero era roja, no verde.

Un comerciante gritó: "Salchichas de dragón. Compre sus salchichas de dragón. Verdadera carne de dragón de los dragones de las Montañas de la Perdición".

¿Me pregunto si son realmente carne de dragón? No sabía que se podían comer. Pensé que sería más probable que te coman.

Asfodel se acercó más la capa y siguió mirando de un lado a otro. Cuánta gente.

"Mantente cerca y sujeta tu anillo", le susurró Trinelli. "Aquí hay carteristas".

Asfodel miró a su alrededor. La mayoría de la gente parecía próspera, pero de vez en cuando aparecía algún niño harapiento. Le pareció ver a un apuesto joven de pelo castaño tomar algo de una muchacha de edad similar y luego alejarse. ¿Eran los carteristas?

Agarró con fuerza su anillo.

Trinelli la condujo por una calle ancha que subía la colina desde el mercado. El templo redondo de Sylissa se erguía en una plaza con una fuente en el centro. Las tiendas rodeaban los otros tres lados y la gente entraba y salía, deteniéndose a charlar con los conocidos.

En la parte delantera del templo, unos escalones

conducían a un par de grandes puertas de madera tallada con flores y árboles. El edificio blanco estaba coronado por una cúpula en cuya cúspide brillaba una pizca de oro.

Trinelli empujó una de las puertas, que se abrió y los condujo a un vestíbulo. Había puertas a ambos lados del vestíbulo, y frente a ellos se alzaba otro conjunto de enormes puertas dobles. Trinelli se giró hacia la izquierda y atravesó la puerta que daba a un pasillo que se curvaba hacia la derecha. Las puertas se abrían a la izquierda.

"Estas son habitaciones para que duerman los visitantes. Te llevo a ver a la Gran Madre".

La Gran Madre Caldo era la jefa de la Secta de Sylissa en Bluehaven. Asfodel se estremeció ante la idea de conocer a esta importante mujer. Pero si quería convertirse en una curandera laica y ayudar a los demás, necesitaba formación. Ésta sería la mejor manera de alcanzar sus ambiciones.

Habían recorrido casi la mitad del pasillo, que se curvaba alrededor de la parte principal del templo, cuando Trinelli tomó un pasadizo que llevaba a la izquierda. Llamó a la tercera puerta.

Una voz de contralto la llamó: "Ven".

Trinelli abrió la puerta y entró, haciendo señas a Asfodel para que la siguiera.

La Gran Madre estaba sentada detrás de un gran escritorio. Llevaba el pelo gris recogido en un moño. Sus ojos azules eran los de alguien a quien no se le escapa nada. Se subió las gafas por la nariz, donde se le habían caído.

"Ah, Trinelli, has vuelto. ¿Conseguiste entregar el mensaje?"

Trinelli bajó la mirada. "Sí, madre. No hubo respuesta".

La Gran Madre asintió y volvió su mirada hacia Asfodel. "¿Y quién es?"

Trinelli mantuvo la mirada hacia abajo. "La conocí en el camino de vuelta, Madre. Ha pasado por muchos problemas.

Como no tiene adónde ir, pensé que podría quedarse un tiempo en el templo".

"¿Y qué te hace pensar que el templo es un buen lugar para esta joven?"

"Ella está interesada en la curación, y me ayudó con cosas menores en el viaje. Me dijo que quería ayudar a la gente y que deseaba convertirse en sanadora laica".

La Gran Madre dirigió su atenta mirada a Asfodel antes de volverse hacia Trinelli.

"Hablaré con ella mañana y veré qué me parece. Puede quedarse en el templo esta noche. Búscale una cama".

Se volvió hacia su escritorio y empezó a escribir.

Trinelli murmuró: "Sí, madre", mientras le hacía señas a Asfodel para que saliera de la habitación. "Te llevaré a una de las habitaciones de invitados por esta noche. Mañana, la Gran Madre enviará a buscarte. Te hará unas preguntas para ver si cree que serás una curandera laica".

Los ojos de Asfodel se abrieron de par en par. "¿Crees que estará de acuerdo?".

Trinelli asintió. "Espero que sí. Hay algunas que rechaza, pero estoy segura de que te aceptará. Y no te preocupes por ella. Parece y suena severa, pero en realidad no lo es".

A la mañana siguiente, la Gran Madre envió a una joven novicia a buscar a Asfodel y llevarla a su despacho. Asfodel llamó a la puerta y entró cuando oyó una voz que la llamaba.

La Gran Madre estaba sentada ante el escritorio, como el día anterior. Al entrar, la Gran Madre se levantó y le indicó una silla frente al escritorio.

"Dices que te llamas Asfodel. ¿Cuál es tu nombre élfico completo?"

"Como... Asfolesaria, Madre".

La Gran Madre Caldo lo anotó y luego levantó la vista.

"La vicaria Trinelli dijo que pensabas que te gustaría ser curandera laica. ¿Tienes experiencia en curación?"

Asfodel negó con la cabeza. "No, madre, pero me gusta aprender. Quiero ayudar a la gente. No hablo bien grosmeriano".

Las cejas de la Madre Caldo se fruncieron. "Tendrás que aprender nuestro idioma rápidamente. Dime, ¿por qué estabas en esa caravana? La vicaria Trinelli dijo algo de que habías pasado por muchos problemas. ¿Podrías explicármelo, por favor?"

Asfodel tuvo dificultades con el idioma mientras intentaba contar la historia de su fuga y sus problemas posteriores.

La Gran Madre Caldo la estudió con los ojos entrecerrados. Al final del relato, se frotó la barbilla. "¿No pensaste que tal vez tus padres sabían más? Tu decisión no salió nada bien".

Asfodel apretó los labios. "No tengo problemas con Vass, no". Miró a la Gran Madre a los ojos. "Quiero a Vass. Todavía lo quiero. No creo que se obligue a la gente a casarse si no quiere, aunque no sea lo que espera. ¿Y quién dice que soy más feliz en el matrimonio si no quiero?"

La Madre Caldo sacudió ligeramente la cabeza.

"Siempre necesitamos más ayuda. No veo nada malo en hacerte una prueba". Meneó el dedo. "Pero recuerda que es sólo una prueba. Puedes empezar enseguida".

Cogió un timbre de su mesa y lo agitó un poco. La puerta se abrió y apareció un joven novicio.

"Lleva a Asfolesaria a una de las habitaciones de los laicos", le dijo al joven. "Desea unirse a nuestros ayudantes laicos. Como de momento no tiene otro sitio donde vivir, puede alojarse".

Cabizbajo, el joven respondió: "Sí, madre".

Se volvió y le hizo señas a Asfodel para que le siguiera.

"Eres una elfa, por lo que veo", se animó cuando salieron

del despacho de la Gran Madre. "Madre te llamaba Asph...Asfo..."

Ella se rio de su dificultad. "Puedes llamarme Asfodel".

Se rio entre dientes. "Así está mejor. Puedo decirlo así. Yo soy Micros. Ven. Te buscaré una habitación".

El pasillo se bifurcaba en varias direcciones, pero ellos siguieron derecho. Finalmente, llegaron a una gran plaza con un jardín en el centro y una pasarela cubierta en los cuatro lados.

"Aquí es donde viven los curanderos laicos si no tienen su propio lugar en la ciudad", dijo Micros. "Unos pocos laicos se alojan aquí, pero la mayoría tienen sus propias casas". Señaló el jardín. "Aquí cultivamos algunas hierbas curativas. Los novicios tenemos un lugar parecido, más cerca de la enfermería. Me gusta trabajar con las plantas".

La guio hacia la derecha y luego se detuvo.

"Esta habitación está libre. Puedes instalarte aquí. A tu lado hay una chica de Frind, en el norte, cerca del Techo del Mundo. Al principio le pareció que aquí hacía demasiado calor. Se llama Hayen. Te gustará".

Se sonrojó al hablar de Hayen.

Asfodel sonrió. *Y a ti también te gusta, creo.*

Dio las gracias a Micros y entró en la habitación. Era pequeña, pero la cama parecía cómoda. Una ventana junto a la puerta daba al jardín. Debajo de la ventana había un arcón. Había una mesa con un espejo, un lavabo y una jarra. En el suelo había hierbas aromáticas esparcidas entre juncos.

Asfodel empezó a desempaquetar sus cosas y a colocarlas en el arcón. Cuando terminó, se adentró en el jardín y se inclinó para oler las hierbas aromáticas que allí crecían.

"Lo que más me gusta es el olor del romero".

La voz hizo saltar a Asfodel. No había oído a nadie acercarse.

Se dio la vuelta y su larga melena negra casi rozó a la persona que estaba detrás de ella.

"Perdona si te he asustado", dijo una mujer alta y joven. "Eres una nueva curandera, supongo. Soy Ril". Le tendió la mano.

"Asfodel. Sí, llegué ayer. Lo siento, no hablo grosmeriano bien, pero aprendo".

Ril sonrió. "Voy a hablar más lento, entonces. Ven. Iremos a desayunar".

Asfodel siguió a Ril a través del jardín, hasta un pasillo que conducía al refectorio, donde todos los sanadores, laicos y sacerdotes, estaban sentados comiendo, o haciendo cola ante una mesa que contenía una gran variedad de alimentos. Había fruta, queso, huevos, tocino, pan y una especie de pastel.

Ril cogió uno de los pasteles. "Pasteles de miel. Mis favoritos. Deberías probar uno".

Asfodel cogió uno y lo puso en su plato. Después cogió un albaricoque y un huevo duro y siguió a Ril a la mesa.

Primero se comió el huevo, luego el albaricoque y se quedó mirando el pastel. Finalmente, lo cogió y le dio un mordisco. Su rostro se llenó de sonrisas.

"Tienes razón. Es... er..." Frunció el ceño, tratando de encontrar la palabra adecuada.

"¿Maravilloso?" preguntó Ril.

Asfodel asintió, con la boca llena de tarta. "Sí. Maravilloso".

Después del desayuno, un sacerdote con el fajín verde esmeralda de un diácono se acercó a Asfodel.

"Usted es la nueva curandera laica, según tengo entendido". Le tendió la mano.

Asfodel la cogió y asintió. "Sí, soy Asfodel".

El diácono asintió y su pelo gris le cayó sobre los ojos. Se lo echó hacia atrás y sonrió.

"Soy el diácono Smollet. Si quieres acompañarme, te llevaré a la enfermería".

Asfodel siguió al anciano de baja estatura. Parecía amable

y charlaban mientras caminaban, aunque a ella le costaba entender sus palabras. A él no pareció importarle, y pronto llegaron a la enfermería.

Las paredes eran de mármol rosa y el suelo estaba cubierto de baldosas de mármol negro. Al fondo, vio camas, algunas con personas dentro. Más cerca de la entrada había sillas y algún que otro diván. Curanderos, tanto sacerdotes como laicos, atendían a algunas personas.

El aroma de las hierbas lo impregnaba todo. Ella aspiró el perfume.

El diácono Smollet llevó a Asfodel ante una mujer bajita, de ojos claros y pelo castaño oscuro recogido en un moño en la nuca.

"Ésta es Asfodel -dijo-, la nueva curandera laica. Aunque todavía no habla mucho grosmeriano. Es una elfa".

"Ya lo veo, Hermano", respondió la mujer, con un brillo en los ojos. "Tiene las orejas puntiagudas y esos maravillosos ojos almendrados".

Asfodel frunció el ceño mientras intentaba seguir la conversación.

La mujer se dio cuenta y sonrió. "Tendrás que entender antes de empezar a curar. No sirve de nada si no puedes entender a la gente cuando viene".

Hablaba despacio, y Asfodel apenas conseguía seguir sus palabras.

Volviéndose hacia el diácono, la mujer continuó. "Llévala a la biblioteca. El bibliotecario puede ayudarla a aprender".

Asfodel siguió de nuevo al diácono Smollet y volvieron sobre sus pasos hasta el jardín al que daba su habitación. El diácono se apresuró a pasar a otro pasillo opuesto al de la enfermería. A mitad de camino, abrió una puerta que daba a una habitación llena de estanterías.

"Hermano Bron", llamó.

Una cabeza rubia asomó detrás de una estantería. "Oh, Hermano Smollet. ¿Qué puedo hacer por usted?"

"La Hermana Agrilla quiere que enseñes Grosmeriano a este nuevo recluta".

Un hombre de estatura media salió de detrás de la estantería. "¿Y supongo que no habrá pensado en todo lo que tengo que hacer? Cuidar la biblioteca no es quedarse sentado, ¿sabe? Los libros no se colocan solos en las estanterías. Luego hay que controlar quién ha cogido prestado qué. Por no hablar de mantener los libros en buen estado. ¿Es ella?"

Miró a Asfodel de arriba abajo. Se sentía como un espécimen en un frasco.

La forma en que había hablado el hermano Bron le hizo darse cuenta de que no le hacía ninguna gracia tener que enseñarle. No había entendido todas las palabras, pero no le hacía falta. Su tono lo decía todo.

Asfodel bajó la mirada. No deseaba que el Hermano Bron le enseñara a regañadientes.

"Yo... está bien", murmuró. "Aprendo sola si me enseñas los libros".

El Hermano Bron la miró y luego le levantó la barbilla.

La miró a los ojos. "No estés tan dispuesta a aceptar lo que digo. Lucha por lo que crees. Tienes derecho a aprender grosmeriano. Lucha por ello".

Se quedó boquiabierta y el Hermano Bron sonrió. Se volvió hacia el diácono Smollet. "Vaya a sus deberes, Hermano. Deja a esta joven conmigo".

En cuanto el diácono Smollet se hubo marchado, el Hermano Bron empezó a buscar en las estanterías.

"Ah, aquí está". Sacó un libro de la estantería y se lo dio a Asfodel.

Ella lo abrió. Era un libro de ilustraciones para niños.

Asfodel frunció el ceño y miró al bibliotecario.

"¿Un libro para niños?"

Él asintió. "Un buen punto de partida. Tiene dibujos y palabras sencillas. Sentémonos aquí junto a la ventana y comencemos la lección. Sabes mi nombre, pero no me has dicho el tuyo. No es que te haya dado muchas oportunidades, ¿verdad?".

"Me llamo Asfodel. Así me llaman los humanos. Mi madre y mi padre me llamaban Asfolesaria".

El hermano Bron enarcó las cejas. "¿Llamaban?"

"Es una larga historia. Una para otra ocasión, quizá".

CAPÍTULO NUEVE

Cuando la caravana salió de la plaza, Vass corrió hacia ella. No podría viajar rápidamente por la ciudad. Había demasiada gente y todos los carromatos debían permanecer juntos. Podría alcanzarla y convencer a Asfodel de que regresara con él.

Vass siguió corriendo. Al acercarse a la salida de la plaza, encontró su camino bloqueado por cuatro hombres. Cuando Vass se detuvo, Corip salió de un callejón. "Intentabas huir sin pagarme mi parte, ¿verdad?".

Vass palideció. "N-no, Corip". Hizo una pausa para tomar aliento. "Corría para alcanzar a esa caravana. Para recuperar a Asfodel". Hizo otra pausa, jadeando. "Ella se ha ido, ves."

"Así que entró en razón y te dejó, ¿verdad? No deberías haber tomado tanto de las escamas. Sólo una pequeña pizca para probarla, dije. Eso no te enganchará, dije. Pero no, tomaste un poco, y luego un poco más. Al final te engancha si tomas demasiado".

Vass negó con la cabeza, pero en el fondo sabía que Corip tenía razón. Había disfrutado de la energía que le proporcionó la primera pizca. Pensó que conseguiría más si tomaba más. Y así fue, le dio algo más que energía. La euforia le hizo sentirse invencible. Le hizo sentirse como el dragón del que habían salido las escamas. Pensó que podría soportarlo, pero se había enganchado en cuestión de días. Al bajar de cada viaje, se sentía peor que la vez anterior.

Corip lo observaba con los ojos entrecerrados. Ya no era el hombre amistoso que había bebido con Vass.

"Quiero mi parte del dinero", dijo Corip. "Si me lo entregas ahora, mis muchachos te dejarán y podrás ir a coger esa caravana. Si no..." Miró a los cuatro hombres, dos con los puños cerrados y otros dos pasando los dedos por las hojas de los cuchillos. "Así que sé un buen chico y entrégalo. Es sólo el setenta por ciento".

"Yo... no lo tengo conmigo, Corip. Te lo llevaré, te lo prometo".

Corip enarcó las cejas. "¿Dejar que te alejes y desaparezcas? Oh, no". Sacudió la cabeza. "Jemli vendrá contigo y se asegurará de que me traigas el dinero directamente".

Vass agachó la cabeza, sintiendo que las lágrimas le punzaban los párpados.

Asfo. Te estás alejando cada minuto. ¿A dónde vas en esa caravana?

Corip enarcó las cejas. "¿Te refieres a la última que se fue? Grosmer, creo". Se encogió de hombros. "O Hambara o Bluehaven, probablemente. Pero tienes que ponerte en marcha y conseguir mi dinero, o podría perder los nervios. No te gustaría verme enfadado".

Vass tembló. *No me gustas mucho cuando no lo estás.*

Rastreado por Jemli, una montaña de hombre, Vass se dirigió a su casa. Se detuvo en un cruce, frunció el ceño y giró a la izquierda. El camino conducía entre casas de tres pisos de altura. No llegaba mucha luz a la carretera. Vass aminoró la marcha y sacudió la cabeza.

Al cabo de unos minutos, giró a la derecha. Este camino terminaba en un muro de ladrillos. Volvió sobre sus pasos y regresó al camino que había seguido. Tras girar a la derecha, caminó unos pasos y se detuvo mirando a su alrededor.

"¿Qué pasa?" Dijo Jemli. "¿Intentas perderme?"

Vass negó con la cabeza. "No. Estas calles me confunden. Creo que estoy perdido".

Jemli se rio hasta quedarse sin aliento. "Bueno, dijeron que construyeron la ciudad para confundir a los invasores. Yo no lo creía. Siempre he vivido aquí. Conozco los alrededores. ¿Dónde vives?"

Vass miró a Jemli, que seguía riéndose. "Wyvern Lane".

"¡Ah! Ya conozco. Vamos. Sígueme."

Vass sacudió la cabeza. Incluso después de vivir un año en Frelli, las calles seguían confundiéndole.

Jemli lo condujo por callejones estrechos hasta una calle más ancha. Aquí, el sol lograba penetrar y proyectar largas sombras.

¿Qué es eso? Algo se movió en esas sombras.

Un gato salió corriendo y Vass saltó, haciendo que Jemli riera de nuevo.

Poco después llegaron a su apartamento. Entró y estaba a punto de cerrar la puerta, pero Jemli la bloqueó con una gran bota.

"Voy a entrar contigo. No puedo permitir que huyas por la puerta de atrás, ¿verdad?".

Vass suspiró y abrió la puerta. *Demasiado para esa idea. Jemli no es tan estúpido como parece.*

Subió las escaleras hasta su apartamento, donde abrió un armario y sacó una bolsa con dinero.

"Vámonos". Se volvió hacia la puerta.

Jemli le condujo a la taberna donde solía reunirse con Corip. El jefe de la banda estaba sentado en su mesa habitual, con un gran vaso de cerveza delante. Cogió la bebida y dio un gran trago.

"¿Lo tienes?"

Vass asintió. Sacó la bolsa, la abrió y contó la mitad de lo que contenía. "Eso es lo que te debo. Tu porcentaje de lo que vendí".

"¿No lo vendiste todo? Espero que no estés intentando engañarme. Si lo vendiste todo, entonces me debes más que eso".

"Todavía me queda algo. Lo venderé esta noche y te traeré el resto del dinero mañana".

Los ojos de Corip se entrecerraron. "Asegúrate de hacerlo. O..." Miró a un hombre corpulento que estaba junto a la puerta.

El hombre hizo crujir sus nudillos mientras miraba fijamente a Vass.

Vass se apresuró a salir de la taberna. Al pasar por la sala principal, alguien le llamó. Se volvió y vio a un joven con el que había bebido varias veces.

"Hola, Vass. ¿Te apetece una copa?"

Vass negó con la cabeza. "Ahora no. Tengo asuntos que atender".

"¿Has estado traficando para Corip? Fue un error. Todo el mundo con sentido común se aleja de él. Es simpático al principio. Te hace creer que es tu mejor amigo, pero luego se vuelve desagradable cuando te tiene. Nunca te alejarás de él. Lástima. Me caes bien".

Vass se apresuró a salir de la taberna sin decir una palabra más. Vendería lo suficiente para pagar a Corip, compraría algo más para él y ahorraría lo suficiente para pagarse un asiento en un carro para seguir a Asfodel. Quizá tuviera que vender algo para reunir el dinero.

Mientras viajaba a casa, pensó en lo que podría vender. *¿Podría haber alguna joya que Asfodel hubiera olvidado? ¿Qué más tengo?*

Llegó a su apartamento y entró, buscó en todos los armarios y estantes, pero no encontró nada.

Miró la cama. La ropa de cama les pertenecía. Asfodel la había comprado. Podía venderla. No la necesitaría de camino a Grosmer.

La arrancó de la cama.

La ropa. Abrió el armario. No había nada.

Después de registrar el apartamento, encontró pocas cosas que les pertenecieran. El piso estaba amueblado cuando lo cogieron, así que no habían comprado mucho.

Cogió un jarrón de flores. Asfodel quería alegrar el lugar, dijo, y había comprado un jarrón. Cada seis días compraba flores y las ponía sobre la mesa.

Vass arrancó las flores del jarrón y las tiró al suelo. *Una pérdida de dinero. Esas flores me habrían servido para un día de escamas.*

En el alféizar había un candelabro. Lo cogió. ¿Era de plata? Lo dudaba. El propietario no pondría un candelabro de plata en un piso que iba a alquilar.

Vass lo metió en la bolsa con las demás cosas.

Una vez que hubo saqueado el lugar de todo lo que pudo encontrar de algún valor, Vass miró la pila en el suelo. Necesitaría más de una bolsa para todo aquello.

Extendió una sábana en el suelo y colocó todo sobre ella. Juntó las esquinas y las ató. Metió algunas cosas pequeñas en la mochila.

Miró por la ventana. No podía salir con estas cosas a plena luz del día.

Se frotó las sienes y se sentó en una silla. Empezaba a dolerle la cabeza. Vass metió la mano en una bolsa que llevaba colgada de la cintura y cogió una pizca de escamas en polvo. No podía usar demasiada, ya que pensaba venderla. El beneficio que obtuviera de las ventas le ayudaría a comprar más, lo suficiente como para que le durara hasta que llegara al lugar al que se dirigía la caravana.

¿Cuánto tardaría en llegar a Bluehaven o Hambara? Necesitaba saberlo para hacerse una idea de cuánto comprar.

Aprovechó el tiempo mientras esperaba el anochecer para pesar el polvo de escamas en pequeños paquetes. Corip no había mentido cuando dijo que estas escamas rojas eran más poderosas. Vass sintió que el poder de un dragón empezaba a correr por sus venas.

Colocó los paquetes en una bolsa más grande.

Pronto, la luz del día se desvaneció y el cielo se volvió de un azul intenso. Vass se echó el fardo al hombro y salió del apartamento. Al llegar a la calle, miró a izquierda y derecha. Al ver a un hombre y una mujer que venían hacia él, se escabulló en el vestíbulo hasta que desaparecieron al doblar una esquina.

Levantó su carga y se dirigió a una tienda de la que había oído hablar, donde el propietario no hacía preguntas sobre los productos que compraba.

Vass se detuvo en la entrada. ¿Era cierto lo que le habían dicho? ¿Este hombre no hacía preguntas?

Respiró hondo, empujó la puerta y entró en la tienda.

Un hombre alto y moreno se levantó de donde estaba, agachado detrás del mostrador.

"¿Qué puedo hacer por usted?

Vass empujó el bulto sobre el mostrador. "Quiero vender estas cosas. Me voy de la ciudad y ya no las voy a necesitar".

El hombre abrió el paquete. Separó las cosas en montones.

"¿Quiere que se lo compre todo aquí?".

Vass asintió.

"Te diré una cosa. Te daré veinte talens por el lote".

Vass se frotó la barbilla. "Pensé que más bien sesenta".

Tras un intenso regateo, llegaron a un acuerdo por cuarenta talens. El hombre le tendió la mano. Vass la estrechó y salió de la tienda con dinero en el bolsillo.

Lo siguiente que tenía que hacer era vender algunas de las escamas de polvo rojo para poder pagar lo que le debía a Corip.

Se dirigió a una esquina, donde se metió en un callejón y sacó su bolsa para poder coger una pizca de las escamas para sí mismo. Sintiéndose seguro de sí mismo, salió a la calle y se dirigió hacia el lugar donde solía vender la droga.

El estrecho callejón apestaba a orina rancia y a gatos. Vass arrugó la nariz. Se apoyó en una pared y esperó.

No tuvo que esperar mucho hasta que un joven se le acercó.

"¿Tienes mercancía?"

Vass asintió. "¿Cuánto necesitas?"

"Dos paquetes".

"Sabes que esto es más fuerte que antes. Sólo necesitas la mitad".

El hombre asintió. "Sigo necesitando dos".

"Veamos primero tu dinero".

El joven entregó el dinero y Vass le dio dos paquetes del polvo rojo.

Vass permaneció allí tres horas, hasta que vendió todos los paquetes excepto el que se quedó para él. Ya era demasiado tarde para ir a ver a Corip, así que regresó a su apartamento.

Observó el lugar vacío, se tumbó en el colchón desnudo y se durmió.

A la mañana siguiente, el sol que entraba por la ventana le despertó. Tras levantarse, se frotó la espalda y se miró en el espejo que colgaba de la pared. *¿Por qué no lo había vendido también?*

No había nada para comer, así que salió del apartamento y compró un pastelito en la panadería cercana.

¿Sería demasiado pronto para Corip?

Vass miró al sol. No. Había dormido hasta tarde y era media mañana.

Se dirigió a la taberna y preguntó por Corip.

"Acaba de llegar". El tabernero se rascó la barba. "No sé si ya está listo para ver a la gente".

"¿Puedes ir a ver?"

El casero se alejó hacia la trastienda y Vass miró a su alrededor. Había un viejo borracho en un rincón. Parecía que ya había bebido bastante.

Vass le dio la espalda y tomó un pellizco de escamas. Eso le duraría hasta más tarde. Tenía que seguir sintiéndose en la cima del mundo.

El casero regresó. "Dice que te verá. Le dijo que un elfo estaba aquí. Parece que te está esperando".

Vass pasó a la trastienda, donde Corip estaba sentado comiendo huevos revueltos. A Vass le rugió el estómago. Un pastelito no era suficiente.

"¿Tienes mi dinero?" Corip se metió otro tenedor de huevo en la boca.

Vass entregó lo que debía a Corip, que lo contó cuidadosamente y lo retiró de la mesa. Asintió con la cabeza.

"Voy a buscar a Asfodel". Vass se sentó mientras Corip le hacía señas para que tomara asiento. "Necesitaré algunas cosas para el viaje".

Corip tragó saliva. "¿Tienes hambre?"

Vass asintió, y Corip se volvió hacia Jer, que estaba sentado cerca de la ventana de la habitación.

"Tráele a Vass algunos de estos huevos". Se volvió hacia Vass. "Ahora, tengo una proposición que hacerte".

Vass frunció el ceño. ¿Qué venía ahora? Quería separarse de Corip. Entonces podría pensar en dejar su hábito para que Asfodel volviera cuando la encontrara.

Corip continuó. "Todo depende de adónde haya ido esa caravana".

Llegaron los huevos, y el hombre de Corip los puso delante de Vass, con un tenedor. Vass empezó a comer mientras Corip se volvía hacia Jer.

"Ve al estacionamiento de caravanas y averigua a qué pueblo de Grosmer se dirigía la caravana de ayer".

Jer se marchó, y Corip sonrió a Vass, que levantó la vista de sus huevos.

¿Qué es lo que quiere? Nunca lo había visto sonreír. Hace que parezca que quiere morderme."

Hablaremos de negocios cuando sepa de esa caravana", dijo Corip. "Mientras tanto, come tus huevos. Hay algo que tengo que hacer".

Echó su silla hacia atrás y salió por la puerta trasera de la taberna.

Vass terminó sus huevos y se sentó a esperar. Su dolor de cabeza empezó a reaparecer y le temblaba la mano. Tomó una pizca de polvos. Tenía que estar al tanto de todo si quería hacer negocios con Corip. No podía permitirse quedar mal con él.

Corip regresó y se sentó en su silla, apoyándose en las patas traseras. Empezó a charlar, cuando se abrió la puerta de la taberna y volvió Jer.

"Jefe", dijo. "La caravana de ayer iba a Bluehaven".

Corip asintió e indicó a Jer que los dejara. Cuando se hubo ido, Corip se volvió hacia Vass.

"Eso significa que la caravana de hoy va a Hambara. Eso está bien. Es mucho más conveniente si va a Bluehaven".

Vass frunció el ceño. ¿Qué iba a preguntarle Corip?

"¿Tendré que esperar hasta mañana para seguir a Asfodel?".

Corip asintió. "Cada dos días van a Hambara o a Bluehaven". Apoyó las cuatro patas de la silla en el suelo y se inclinó hacia delante. "Ahora a los negocios. Tengo un envío que llega al puerto de Bluehaven. Alguien de confianza tiene que recogerlo y entregarlo aquí. Ya que vas a Bluehaven, puedes hacer el trabajo".

"Pero yo no soy uno de tus hombres."

"¿Crees que no?" Corip levantó las cejas. "¿No has estado vendiendo cosas y dándome una parte de los beneficios? Te he estado observando, Vass. Harás cualquier cosa por tu próxima dosis. Harás este trabajito para mí, encontrarás a tu niña y conseguirás todas las escamas de dragón que necesites. Te pagaré bien. Puedes tener todo lo que necesites para el viaje. También pagaré tus gastos: los de la caravana y tus gastos en Bluehaven. Te daré una dirección donde puedes quedarte, y donde puedes conseguir tu dosis diaria".

Vass se quedó boquiabierto. "¿Confías en mí para traerlo de vuelta?".

Corip se rio. "Por supuesto. Puede que seas una serpiente débil, pero en el fondo eres honesto. Ese es tu problema, en realidad. No confiaría en que ninguno de mis hombres no intentara fugarse con la mercancía. Vale mucho dinero. Pero tú me lo devolverás, lo sé". Sacudió la cabeza. "De todos modos, te encontraría, y el resultado no sería bonito. Al menos, tú ya no serías bonito". Se rio.

"Si acepto hacerlo, ¿me dejarás en paz después?".

Corip asintió. "Si tú crees que puedes abandonarme".

Vass se incorporó. "Tengo que recuperar a Asfodel, luego lo dejaré".

Corip asintió, con una media sonrisa. "Sí, todos dicen eso. Pero siguen volviendo. Quédate aquí en la taberna esta noche. Te he preparado una habitación y Jer te mostrará el camino al caravasar por la mañana".

Se levantó y empezó a alejarse. Antes de llegar a la puerta, se volvió.

"Jer también tendrá tus escamas en polvo y el dinero, e instrucciones sobre qué hacer con la mercancía cuando regreses".

Y se fue.

CAPÍTULO DIEZ

Asfodel no visitó la enfermería mientras perfeccionaba sus habilidades lingüísticas. Pasaba la mayor parte del día en la biblioteca, con el hermano Bron. El tiempo pasó rápido y pronto llevaba un mes en el templo.

El bibliotecario no era tan brusco como parecía cuando Asfodel lo conoció. Bajo su tutela, pasó de los sencillos libros infantiles a historias más elaboradas.

"Estás aprendiendo rápido". El hermano Bron sacó un libro de las estanterías. "Prueba este. Es un libro de historia para niños mayores. Todo sobre cómo Grosmer llegó a ser la tierra que es hoy".

Asfodel cogió el libro y hojeó las páginas. Había pocas ilustraciones, a diferencia de los otros libros que había leído. Las imágenes la habían ayudado, y se preguntó cómo le iría con éste.

"Gracias, hermano Bron".

Se sentó cerca de una ventana y leyó, pidiendo ayuda de vez en cuando con alguna palabra nueva.

La mañana pasó rápidamente y fueron al refectorio a comer. Asfodel tenía la costumbre de leer en el jardín por las tardes o de cuidar las hierbas. Le gustaba trabajar con las plantas, le recordaba a su hogar, con el aroma de las plantas y la tierra impregnando el aire.

Hoy, sin embargo, decidió que era hora de explorar más Bluehaven. Sólo había salido del templo unas pocas veces desde su llegada, y no había ido más allá de la Plaza del Mercado.

Hoy decidió visitar el parque que había visto a su llegada.

El sol brillaba en un cielo azul despejado, pero ya era otoño y soplaba una brisa fresca procedente del mar. Asfodel se puso una capa y se la ciñó mientras salía del templo. Esta ciudad no era un laberinto de calles, como Frelli. Las calles eran más anchas, y la principal discurría desde el puerto colina arriba, a la que se unían algunos caminos transversales. Con las casas blancas y las calles anchas, a Asfodel le pareció mucho más iluminada y libre que la capital de Erian.

Cruzó la plaza del mercado y se detuvo a mirar algunas cosas. Ahora conocía los nombres de las frutas y verduras por las que se había preguntado al llegar. Incluso las había probado. Le gustaban las pequeñas frutas azules llamadas hamlies, pero no tanto la verdura de hoja que, según supo, se llamaba lembib. Le pareció que tenía un sabor amargo, pero como no se cultivaba en Grosmer y venía del otro lado del Mar Interior, era una rareza. Como tal, era valorado como un manjar.

Al salir del mercado, recorrió las calles en dirección al parque, cuando oyó una voz que la llamaba.

"¡Asfodel! ¡Asfo!"

Se le revolvió el estómago al reconocer la voz de Vass, y respiró hondo.

"Asfo, te he buscado por toda la ciudad. Pensé que te habías ido a otro sitio, o incluso que habías vuelto a casa". Se agarró las rodillas mientras hacía una pausa para respirar. "¿Por qué te fuiste?" Se levantó y la miró a los ojos. "Al menos podrías haberme dicho que te ibas. Me preocupé".

Asfodel se miró los pies. "Sabes por qué me fui, Vass".

"Una pequeña bofetada. Estaba enfadado". Él apretó los labios.

"Me robaste las joyas y luego me pegaste. Fue duro, no sólo una pequeña bofetada".

"Asfo, te quiero. Te prometo que no volveré a hacerlo". Extendió la mano y la cogió del brazo. "Vuelve conmigo, por favor".

Ella le miró a los ojos. Brillaban de lágrimas no derramadas. Sintió que las suyas también lo hacían.

Le quitó la mano del brazo. "Vass, me golpeaste con rabia porque necesitabas más drogas. Sé que no eras el de siempre. Sigues sin ser el de siempre. Puedo ver por tus ojos que has estado tomando la droga".

"Pero si vuelves, dejaré de hacerlo. Te lo prometo. Lo necesitaba mientras no estabas. No podía vivir sin ti".

Sacudió la cabeza. "Me tenías cuando empezaste a tomarlo, Vass".

"Lo sé. Lo siento". La miró a los ojos. "Cuando termine este trabajo, pararé. Entonces podremos comprar la granja que querías. Seré el hombre del que te enamoraste. Viviremos felices para siempre".

"¿Trabajo?"

"Para Corip." La mirada de Vass se deslizó lejos de Asfodel. "Me pagó para venir a Bluehaven y así poder hacer un trabajo para él mientras te buscaba. No me molestará más una vez que lo haya hecho".

El labio de Asfodel se torció en una mueca. "¿Corip? ¿De verdad crees que te dejará dejar la droga? Los drogadictos son su medio de vida, Vass. No va a dejar escapar a ninguno. Sería como si un granjero dejara escapar a uno de sus animales y no fuera a buscarlo".

"Podemos irnos lejos de Frelli, Asfo". Vass suplicó con los ojos. "Por favor, ven conmigo. Podemos volver a Cuantisarilishon si quieres. O podemos quedarnos en

Grosmer, en algún lugar lejos de Bluehaven. Corip nunca nos encontraría".

Ella se dio la vuelta y comenzó a alejarse, luego miró hacia atrás y dijo: "Tengo un trabajo aquí que me gusta. Me estoy preparando para ser sanadora. Quiero ayudar a la gente, Vass, no vivir mi vida cuidando a un drogadicto, sin saber si me va a pegar o se va a escapar con todo el dinero que tenemos. No quiero trabajar duro en una granja, ganándome la vida a duras penas porque has recaído y no puedes hacer nada, pensar en nada, excepto en cómo conseguir algunas escamas de dragón. Saldrías corriendo a la ciudad grande más cercana para encontrar algunas. O peor, Corip te encontraría y nos destruiría, de una forma u otra. No, Vass. Estás perdido en la droga".

Mientras se alejaba, las lágrimas empezaron a caer. Al verlo, se dio cuenta de que aún lo amaba.

Mientras estaba lejos de él, Asfodel había encontrado tiempo para pensar. Estaba tan enamorada que no se había dado cuenta de que él era débil. Ahora se daba cuenta. Débil y fácil de llevar. Oh, sí, creía que lo decía en serio cuando dijo que dejaría la droga, pero ahora ella sabía que él no tenía fuerzas.

Así que se marchó.

Asfodel volvió sobre sus pasos hasta el templo y se dirigió a su habitación. Se tiró en la cama y lloró por lo que había sido de Vass. Lloró por el futuro que habían planeado juntos. Lloró porque había sido incapaz de ayudarle.

Llamaron a su puerta. Era Hayen.

"Me ha parecido oír llorar. ¿Qué pasa, Asfodel?".

Asfodel dio un paso atrás y dejó entrar a la chica. "Yo... vi a Vass, el hombre del que hui. Estaba en la Plaza del Mercado. Me pidió que volviera con él".

Hayen frunció el ceño. "¿Y eso te hizo llorar? No lo entiendo".

Asfodel se tumbó en la cama. "Lloro porque lo amo, y le dije que no".

Hayen sacudió ligeramente la cabeza, haciendo ondular sus rizos castaños. "Sigo sin entenderlo. Tú le quieres, y él a ti. ¿Por qué no volver?"

Asfodel se incorporó, con las lágrimas ya secas. Cerró las manos en puños. "Porque es un drogadicto. Me fui cuando me robó las joyas y me pegó cuando le dije que no podía tener dinero para sus drogas".

Hayen asintió. "Entiendo".

Las chicas permanecieron sentadas en silencio durante un rato, hasta que Hayen sugirió que fueran a dar un paseo por el jardín. Asfodel se levantó, con una débil sonrisa en el rostro.

Caminaron por los senderos entre las hierbas. Aquí, los edificios protegían los caminos y el viento no podía penetrar. El aroma del romero, el tomillo y la salvia se extendía por todo el jardín. Los arbustos de lavanda desprendían su embriagador aroma al calor del sol otoñal. Asfodel lo respiró. Se agachó, cogió una ramita de lavanda y se la acercó a la nariz.

Hayen cogió otra y la hizo girar entre sus dedos. "La lavanda es buena para calmar el alma".

Asfodel la miró y sonrió. Era verdad. Se sentía mucho mejor ahora que estaba en el jardín, respirando el aroma de las hierbas.

Había un banco bajo un árbol, y las chicas se sentaron en él y observaron a un pequeño pájaro marrón que picoteaba la tierra entre el perejil. Recogió algo con el pico y se fue volando.

Asfodel observó cómo se acercaba al tejado del templo.

"Gracias, Hayen. Eres una chica amable. Ahora estoy mejor".

Esa noche, Asfodel lloró hasta quedarse dormida. ¿Hacía

lo correcto al negarse a volver con Vass? Tal vez podría ayudarle. Quizás el amor que sentía por él le bastaría para apoyarle mientras dejaba la droga. Tal vez se equivocó al rechazarlo.

Mientras se dormía, un recuerdo volvió a ella: un unicornio apoyando la cabeza en su hombro, con el cuerno apretado contra su frente. *Tienes una promesa de matrimonio, pero no debes casarte con él. Encontrarás a otro.*

Asfodel se preguntaba. En aquel momento tenía dos promesas de matrimonio. Sus padres la habían prometido a un amigo de su padre, y ella se había prometido a Vass. En su enamoramiento de Vass, había asumido que era con Frishillondor con quien no debía casarse. Pero, ¿y si era con Vass con quien no debía casarse? ¿Y si la promesa que le hizo a él era a la que se refería el unicornio? ¿Y quién era el *otro* que ella encontraría?

Aquella noche soñó que estaba en el templo redondo. Las altas ventanas dirigían la luz hacia el altar del centro y la enorme estatua de Sylissa, situada en un nicho al fondo del edificio.

Mientras observaba, le pareció ver que la estatua parpadeaba. El mármol blanco empezó a colorearse, excepto la túnica. La túnica seguía siendo blanca. El pelo se volvió dorado y los ojos azules. Recorrieron el templo y finalmente se posaron en Asfodel, que cayó de rodillas.

Sintió que una mano la levantaba y, cuando miró, vio a una mujer de estatura normal que le sonreía.

La mujer habló en una voz melodiosa. *"Asfolesaria de la Casa Real. No llores por tu amor perdido. Vassinamorrow nunca fue para ti. Mi unicornio te lo dijo, pero estabas tan empeñada que tenías razón. Ese empeño es tu fuerza. Nunca lo olvides, incluso cuando te meta en problemas."*

Mientras Asfodel observaba, Sylissa creció gradualmente hasta alcanzar la altura de la estatua, y volvió a ser frío mármol.

Asfodel dio vueltas en la cama durante el resto de la noche, y se despertó cuando empezaron a cantar los primeros pájaros. Oyó la campana del servicio del alba y se levantó para entrar en el templo. Al sentarse, se quedó mirando la estatua. ¿Había sido sólo un sueño o Sylissa la había visitado de verdad?

Mientras entonaba el himno del alba, le pareció ver que la estatua le sonreía y le guiñaba un ojo.

CAPÍTULO ONCE

Tras seis meses en el templo, Asfodel convenció al Hermano Bron de que dominaba el grosmeriano. Ahora podía participar en las clases de curación laica. Un paso más cerca de servir en la enfermería.

Aquella noche permaneció despierta. Apenas podía esperar a que amaneciera. Después de su sueño con Sylissa, real o no, su mente se fortaleció. Se sentía como en casa en el templo. No había crecido adorando a Sylissa, ya que los elfos preferían adorar a Grillon, el dios de la naturaleza y las cosas salvajes, pero de algún modo se sentía bien aquí.

Asfodel sintió mariposas en el estómago al entrar en la sala donde se impartían las clases, con una sonrisa dibujada en el rostro. Miró a sus compañeros. Había una mezcla de hombres y mujeres, algunos jóvenes y otros mayores.

Un ministro, uno de los sacerdotes de menor rango, le dio la bienvenida.

"Tú debes de ser Asfolesaria. Siéntate". Paseó la mano por la sala. "Hoy hablaremos de cómo tratar un esguince de tobillo".

Se volvió hacia la clase y empezó a explicar cómo saber si un tobillo está torcido.

"Notarán sudoración y probablemente algún hematoma. La articulación dolerá y el paciente no podrá cargar peso sobre ella".

Asfodel se sentó, embelesado. El ministro le explicó cómo curarla y qué hierbas utilizar.

"Puedes hacer una cataplasma de lavanda y consuelda. Tenemos algunas preparadas en los almacenes de la enfermería. Empapa un paño en la mezcla, y ponlo sobre el esguince antes de vendarlo".

Asfodel observó cómo el ministro les enseñaba a vendar el esguince, utilizando a uno de los alumnos como modelo. Después de la demostración, les dijo que se pusieran en parejas y practicaran unos con otros. Asfodel se encontró en pareja con un hombre de mediana edad.

"Sigamos con nuestra tarea". Cogió las vendas que les habían dado. "Tú serás el paciente y yo te enrollaré... no, te vendaré el tobillo".

Durante los meses siguientes, Asfodel aprendió a curar. Aprendió a fijar huesos y a tratar esguinces. Aprendió a quitar astillas y a detener hemorragias.

Aprendió qué hierbas podían usarse para el dolor de cabeza y cuáles servían de cataplasma para reducir las cicatrices de una herida. Aprendió qué hierbas reducían la fertilidad y cuáles la fomentaban, y qué utilizar si alguien sufría un ataque al corazón.

De vez en cuando, iban al huerto y aprendían a cuidar las hierbas: los requisitos necesarios para que crecieran mejor. A algunas plantas no les gustaba crecer junto a otras, y algunas crecían mejor cerca de las particulares. Estas lecciones eran las que más le gustaban, ya que eran al aire libre, en el jardín. Respiraba el aroma de las hierbas mientras trabajaba.

Los recuerdos de las plantas silvestres de los alrededores de Cuantisarilishon inundaron su mente. *Cuando aprenda a curar, quizá vuelva y monte mi propia enfermería. Pero, ¿qué pensarán mis padres? ¿Me acogerán bien? ¿Y si Vass ha decidido volver? ¿Podré enfrentarme a él? ¿Volvería con él si ha dejado su adicción a las drogas? ¿O incluso si no lo ha hecho?*

Sacudió la cabeza. Aún no tenía respuestas para esas preguntas. Primero terminaría su entrenamiento y luego se enfrentaría a ellas.

Al cabo de dos meses, el maestro los llevó a la enfermería.

" Van a trabajar con un sanador experimentado. Estarán en grupos de tres. Observen atentamente y aprendan. Es posible que el sanador les haga algunas preguntas, y ustedes deberán responder cortésmente lo mejor que sepan".

Asfodel se encontró con otras dos observando a Trinelli, que le dedicó una cálida sonrisa.

Permanecieron toda la mañana mientras Trinelli vendaba heridas y trataba la tos y los resfriados con hierbas. Entonces entraron dos hombres llevando a un tercero.

Trinelli les indicó que lo pusieran en una de las camas.

"¿Cuál es el problema?"

Uno de los hombres respondió: "Íbamos hacia el pabellón cuando de repente se cayó. No hablaba bien. Pensamos que estaba bromeando. Entonces Rem se dio cuenta de que tenía la cara rara. No podía caminar, así que lo trajimos aquí".

"Gracias. Trinelli asintió. "Pueden irse. Cuidaremos de él".

"¿Qué le pasa?"

Trinelli se volvió hacia sus alumnos. "¿Cuál dirían que es el problema?".

"Creo que ha tenido un derrame cerebral", dijo Asfodel.

Trinelli asintió. "Estoy de acuerdo". Se volvió hacia los hombres. "Mi alumna tiene razón. Lo trataremos. ¿Tiene familia? Deberías ir a decirles dónde está".

Los hombres se fueron y Trinelli se volvió hacia los estudiantes. "Esto es algo en lo que creo que Sylissa tendrá que participar. Quédense y observen. Aunque no es algo que ustedes puedan hacer. A menos que decidan unirse a nosotros como sacerdotes".

Miró a Asfodel mientras decía esto, con una ceja levantada.

Así que todavía piensa que yo podría ser una sacerdotisa.

Asfodel observó cómo Trinelli rezaba en silencio a Sylissa. Cerró los ojos y colocó la mano izquierda sobre el corazón del hombre y la derecha sobre su cabeza. Sus labios seguían moviéndose mientras rezaba.

Como había notado durante el viaje, Asfodel creyó ver que algo fluía de Trinelli hacia el hombre. Fluyó más hacia su cabeza y, al cabo de unos minutos, la vicaria suspiró y abrió los ojos. Estaba pálida y cansada, pero el hombre de la cama abrió los ojos.

Intentó hablar, pero balbuceaba.

Trinelli se sentó en el borde de la cama. "¿Puede mover los brazos?

El hombre levantó el brazo izquierdo e intentó mover el derecho. Nada.

"¿Y las piernas?

Movió la pierna izquierda, pero la derecha apenas se movía. Intentó hablar de nuevo.

"No digas nada", le dijo Trinelli. "Has tenido un ataque. He hecho algo para estabilizarte, pero necesitas que te cure alguien más avanzado que yo".

Suspiró, con el rostro pálido, y se marchó a hablar con el sacerdote encargado.

"Parecía difícil", dijo uno de los estudiantes. "Estaba realmente cansada y agotada cuando terminó".

"Y eso sólo para estabilizarlo", dijo el otro estudiante. "No creo que pudiera ser sacerdote. Parece demasiado duro y agotador. Prefiero ser un curandero laico".

Mientras salían de la enfermería para ir a la cena, Asfodel pensó en lo maravilloso que debía de ser poder ayudar a alguien tan enfermo como el hombre que había sufrido el ictus. Como curanderos laicos, sólo podían hacer pequeñas cosas y dar remedios a base de hierbas, pero poder ayudar a alguien de la forma en que Trinelli había ayudado a aquel hombre debía de ser fantástico. A diferencia de los otros dos estudiantes, el cansancio que sufría Trinelli no amilanó a Asfodel.

~

Tras seis meses de formación, la Madre Caldo se presentó en la clase. "Ha llegado el momento para aquellos de ustedes que sean considerados aptos para convertirse en sanadores laicos. Sus maestros han estado evaluando sus habilidades durante sus lecciones, junto con mis sacerdotes con los que trabajaron en la enfermería. Hemos decidido que las siguientes personas pueden empezar a trabajar como sanadores laicos".

Levantó un papel y leyó una lista de nombres. Asfodel contuvo la respiración y se le revolvió el estómago. ¿Y si su nombre no estaba en la lista? ¿Qué haría? Quería ser curandera.

La madre Caldo leyó toda la lista y Asfodel se sintió mal. Su nombre no había sido elegido.

Cerró los ojos mientras una lágrima amenazaba con salir. Volver a ser escriba no sería satisfactorio, ahora que había experimentado la curación.

Elevó una plegaria silenciosa a Sylissa para que la Madre Caldo la llamara por su nombre y lo corrigiera.

Oyó que la Gran Madre volvía a hablar.

"Asfolesaria, ¿me has oído? Sígueme, ahora".

Asfodel se levantó. Todas las miradas la siguieron a través de la puerta mientras la Gran Madre se dirigía a su despacho. Una vez allí, le dijo a Asfodel que se sentara en la silla. La Madre Caldo se apoyó en su escritorio, mirando a la joven elfa.

¿Qué le esperaba ahora? ¿Había hecho algo malo? ¿Por qué su nombre no estaba en la lista? Creía que le había ido bien en las clases.

El fantasma de una sonrisa cruzó los labios de la madre Caldo. "Te ha ido muy bien en las clases de curación. Excepcionalmente bien, de hecho. Todos estaban impresionados contigo".

"Entonces, ¿por qué...?"

La madre Caldo levantó la mano. "Estoy llegando a eso. Escúcheme, por favor. Todos los profesores estaban tan impresionados que varios de ellos vinieron a mí con la misma sugerencia. Quieren proponerte como sacerdotisa de Sylissa".

Asfodel se quedó con la boca abierta. No sabía qué decir.

"¿Bueno? ¿Qué te parece? ¿Te gustaría unirte a nuestras novicias?"

"S-sí. Creo que sí". Asfodel hizo una pausa y frunció el ceño. "Pero, ¿crees que puedo hacerlo? Quiero decir, es un gran salto de estudiante a sacerdotisa. Y nunca he sido muy religiosa. Es decir, respeto a los dioses, por supuesto, pero no pienso en ellos la mayor parte del tiempo".

La madre Caldo sonrió y asintió. "Tus profesores creen que puedes hacerlo, y yo estoy de acuerdo con ellos. Ahora vete y piénsalo bien. Vuelve mañana y cuéntame tu decisión. Tienes que estar absolutamente segura. Es una gran decisión. Una que te cambiará la vida. Ahora vete".

Asfodel corrió hacia su habitación, donde llamó a la puerta de Hayen. Su amiga abrió y le hizo señas para que entrara.

"He oído que tu nombre no estaba en la lista de los que han pasado. Eso está muy mal. Eres buena. Te he visto trabajar. Y también eres amable".

Asfodel soltó una carcajada y Hayen pareció desconcertada. Asfodel cogió a su amiga por los brazos y le dio vueltas.

"No, no voy a ser una curandera laica, Hayen. La Gran Madre me ha preguntado si quiero ser sacerdotisa. Voy a convertirme en novicia".

"¿Y Vass? Pensaste que volverías con él si dejaba las drogas".

La sonrisa se borró de la cara de Asfodel.

"Pero no creo que lo haga. Todavía le quiero. Creo que siempre lo haré. Pero no puedo vivir con un hombre que me roba para comprar drogas y me pega si no le doy dinero cuando quiere".

Hayen abrazó a Asfodel. "Te admiro por ser tan fuerte. Pero lo superarás. Y encontrarás otro amor. ¿Recuerdas el unicornio del que me hablaste? Te dijo que había alguien más en tu futuro, ¿verdad?".

Asfodel asintió. "Sí, me lo dijo. Pero no me imagino amando a nadie más".

Hayen soltó a Asfodel. "Te mereces una celebración. Busquemos a Ril y salgamos. Podemos encontrar algún sitio para comer y tomar unas copas".

CAPÍTULO DOCE

Después de salir con sus amigas, Asfodel se tumbó en la cama, pensativa. Se le revolvía el estómago, y no por la comida y la bebida. Aceptar o no la oferta de la Gran Madre era una decisión que le cambiaría la vida.

Sí, la oferta la emocionaba. Y pensar que todos sus maestros decían que podría convertirse en sacerdotisa y canalizar los poderes curativos de Sylissa para ayudar a los enfermos... Se preguntaba si podría convertirse en sacerdotisa. Asfodel sabía que quería curar a la gente, pero ¿estaba preparada para dar un paso tan grande?

¿Qué normas tiene el templo? ¿Puedo vivir dentro de sus restricciones? Los curanderos laicos sólo tienen que ser sensatos y mantenerse limpios.

Cerró los ojos y se dio la vuelta. *Debería haber preguntado a la Gran Madre.*

No conseguía conciliar el sueño y daba vueltas en la cama.

Finalmente, se levantó de la cama y miró por la ventana. *Sabía que quería ayudar a la gente cuando estaba en Rindisilaran, pero nunca pensé en curar. Debe de ser maravilloso ver a alguien ponerse bien y saber que has ayudado. Sí, podría hacer mucho como sanadora laica, pero si fuera sacerdotisa, podría hacer mucho más. Ese hombre con el derrame cerebral... yo no podría ayudarle, pero una sacerdotisa sí.*

Se apoyó en el alféizar de la ventana. El cielo estaba negro, con una miríada de puntitos de luz.

Estrellas. Millones y millones de estrellas. Tan hermosas. Los dioses viven en algún lugar ahí arriba.

Mientras miraba al cielo, rezó: "Ayúdame a decidirme, Sylissa".

Asfodel se tumbó en la cama y se quedó dormida, con la cabeza dándole vueltas a la idea de curar a la gente de enfermedades y heridas.

En sueños, se encontraba en el templo. La luz entraba por las altas ventanas de la cúpula e iluminaba la estatua de Sylissa, de pie detrás del altar. Mientras estaba sentada, se oyó una voz a su alrededor.

"Asfolesaria, sé que no he sido tu dios preferido, y que puedes adorar a mi primo, Grillon. Pero ahora, me gustaría tenerte a mi servicio. Tienes un gran talento. Eres un conducto abierto para mí, aunque tendrás que ser entrenada. Acepta la oferta de la Madre Caldo y conviértete en novicia en mi templo".

Asfodel jadeó. Era la segunda vez que Sylissa se le aparecía en sueños. *¿Con qué frecuencia lo hace? ¿Todos los sacerdotes tienen conversaciones con la diosa?*

"Hija, te necesito a mi servicio. A ti, especialmente. Tengo una tarea para ti, pero eso es muy en el futuro. "

"No entiendo. "

"No hay necesidad de entender todavía. Lo sabrás cuando llegue el momento".

Al despertarse, Asfodel se sintió más fresca de lo que habría pensado tras su noche de insomnio. Recordó su sueño. ¿Realmente Sylissa había vuelto a ella?

En cualquier caso, fuera real o fueran sus deseos más profundos los que hablaban, ahora sabía qué decirle a la Gran Madre más tarde ese mismo día.

～

Después de hablar con la madre Caldo, Asfodel recogió sus cosas de la habitación y se dirigió a las dependencias de las novicias, guiada por una muchacha que la condujo al despacho de la Superiora de Novicias.

La superiora sonrió. "Así que vas a unirte a nosotras. Bienvenida al sacerdocio de Sylissa. Ahora tienes que ponerte la túnica". Cogió una cinta métrica. "La llevarás siempre que estés en el templo o por asuntos del templo. Eso incluye cualquier viaje oficial, por supuesto. Ven a que te tome las medidas". Miró a Asfodel de arriba abajo. "Eres más bien delgada, pero creo que tenemos túnicas que no te ahogarán".

Le tomó las medidas y la llevó a un almacén. Sacando una bata blanca, la superiora la acercó a Asfodel y asintió.

"Esto debería servir". Tras rebuscar en una caja, sacó un fajín escarlata. "Las novicias llevan este color. Ahora, ve a ponértela. Mañana comenzarás tu entrenamiento. Ahora mismo hay otras tres novicias. Empezaron hace dos semanas, así que tendrás que trabajar duro para ponerte al día". Sonrió. "Estoy segura de que eso no será un problema para ti".

Asfodel siguió a la superiora de novicias por el patio hasta un bloque con varias habitaciones.

La superiora abrió una puerta de un empujón. "Aquí dormirás. La compartirás con otra chica. Es agradable y se llevarán bien. Ahora te dejo para que te cambies".

La emoción rivalizaba con la inquietud. Asfodel lo había conseguido. Había tomado la decisión más importante de su vida. ¿O era la segunda? No podía decidir si huir con Vass o unirse a los sacerdotes de Sylissa era la más importante. De lo que estaba segura era de que, si no hubiera huido, ahora no estaría aquí, y ayudar a los demás siempre había sido lo que había querido hacer.

Asfodel miró a su alrededor. La habitación era parecida a la que tenía en la zona de curanderos, pero un poco más grande, ya que estaba pensada para dos personas. Una ventana entre dos camas daba a un patio, donde podía ver a algunos sacerdotes.

Unos pocos charlaban entre parterres elevados, vacíos de flores en esta época del año, mientras otros estaban sentados bajo los árboles, leyendo. El sol de invierno se colaba entre las ramas de los árboles y un rayo lograba asomar por la ventana.

Debajo de la ventana había una mesa con una pequeña estatua de Sylissa. Alguien había conseguido encontrar unas cuantas flores tardías y las había puesto en un tarro junto a la estatua. Asfodel sonrió. A su compañera le gustaban las flores. Eso era bueno.

Se desvistió rápidamente, se puso la túnica y se ciñó la cintura con el fajín escarlata. Se estremeció. Hacía frío a pesar del sol. La túnica era de lana y la mantenía caliente, pero tendría que comprar ropa interior más abrigada.

Los sacerdotes no llevaban ropa exterior, excepto una capa cuando salían. Afortunadamente, la habitación tenía una chimenea para cuando el tiempo se volvía gélido, pero en ese momento no había fuego.

Cuando Asfodel terminó de atarse la cinta, la puerta se abrió y entró una joven. Colgó su capa en una percha detrás de la puerta y se pasó los dedos por el pelo rubio para arreglárselo.

"Hola. Tú debes de ser Asfolesaria". Le tendió la mano y Asfodel se la estrechó. "Yo soy Shimilla. La hermana Mony me dijo que estabas aquí. Es la Superiora de Novicias. Puede ser un poco estricta, pero no es tan mala, la verdad".

Shimilla se sentó en una silla en el rincón y se quitó las botas.

"Hola, Shimilla. Por favor, llámame Asfodel".

"He oído que los profesores de los alumnos laicos te han recomendado. Eso no ocurre muy a menudo. Deben de pensar que eres muy especial".

Asfodel negó con la cabeza. "No sé nada de eso. No me siento especial".

Shimilla se rio. "Ven conmigo a conocer a los otros

novicios que acaban de empezar. Hay novicios que están en las primeras etapas de formación, los que acaban de empezar, hasta los que están casi listos para convertirse en sacerdotes de pleno derecho. Me muero de ganas, pero supongo que tardaremos unos años en llegar a ese nivel".

Abrió la puerta y le hizo señas a Asfodel para que la siguiera. Dieron la vuelta al final del bloque de habitaciones y salieron al jardín que se veía a través de la ventana del dormitorio.

Dos jóvenes estaban sentados en un banco, charlando entre ellos. Se levantaron cuando Asfodel y Shimilla se acercaron.

"Esta es nuestra nueva novicia, Asfodel". Shimilla se volvió hacia Asfodel y presentó a los jóvenes. "Estos son Brivid y Tonlo. Brivid es el alto".

Le tendieron la mano.

Brivid era alto de verdad: más de metro ochenta, calculó Asfodel. Le miró a los ojos marrones. Él le guiñó un ojo y ella sintió que se le coloreaba la cara. Era un joven apuesto para ser humano. Tenía la piel bronceada y el pelo castaño oscuro y corto.

Lo comparó mentalmente con Vass. No. No había comparación posible. Vass era sencillamente el hombre más guapo que había visto nunca, elfo o humano.

Tonlo, en cambio, era bajo. Apenas era más alto que Asfodel, pero sus ojos casi negros centelleaban en su rostro marrón oscuro. También llevaba el pelo negro rizado corto.

"Estás muy lejos de casa". Brivid le indicó con un gesto que se sentara en el banco junto a él.

"Sí. Nací en Cuantisarilishon. Es la capital de Rindisilaran, la patria de los elfos".

"Tonlo también está muy lejos de casa. ¿Verdad, Ton?"

El otro hombre asintió.

"Viene del otro lado del Mar Interior", dijo Shimilla.

Tonlo esbozó una leve sonrisa. "Allí hace más calor que aquí".

"Vamos". Brivid se levantó. "Vamos a buscar un lugar más cálido. Sugiero que vayamos a una taberna. Vamos. Ton está empezando a sentir frío".

Se levantó y empezó a caminar hacia una gran puerta en el muro que rodeaba el jardín. Los demás le siguieron.

Fueron a una taberna a tres calles de distancia. Brivid abrió la puerta y el calor cayó sobre ellos como una manta. Tres escalones bajaban desde la calle hasta un suelo cubierto de juncos, ahora húmedos por la cerveza derramada. Había mesas esparcidas, la mayoría con gente sentada. En la chimenea ardía un gran fuego y, en el extremo opuesto, una barra recorría toda la sala.

Un muro de ruido asaltaba sus oídos, y el aroma de la cerveza impregnaba el aire. Brivid se abrió paso entre las mesas estrechamente dispuestas hasta que encontró una desocupada bajo una ventana cerca del fuego. Se sentaron mientras Brivid iba a la barra y volvía con cuatro espumosas jarras de cerveza. Las colocó sobre la mesa y cada uno alzó su copa en un brindis.

"Por Asfodel, nuestra nueva colega". Brivid le guiñó el ojo una vez más.

Mientras charlaban entre ellos, se oyó un grito desde el otro lado de la sala.

"¡Asfolesaria! Te estaba buscando".

Asfodel se quedó helada. ¿Qué hacía Lin aquí, en Bluehaven? ¿Y por qué la buscaba?

Se giró. Lin cruzaba la taberna con el ceño fruncido y los puños apretados. "¿Cómo te atreves a aparecer en público después de lo que has hecho?", dijo en élfico.

Asfodel frunció el ceño y sacudió la cabeza. "¿De qué estás hablando, Lin?".

"De mi primo, al que has arruinado". Llegó a su mesa e intentó agarrar a Asfodel.

Brivid y Tonlo se levantaron y se pusieron frente a ella. No habían entendido las palabras, pero reconocieron la amenaza.

"Te sugiero que te vayas", le dijo Brivid a Lin. "Asfodel es ahora una novicia al servicio de Sylissa. Deberías tener más respeto".

Lin torció el labio. "¿La diosa de la vida y la curación? Eso es de ricos", dijo en grosmeriano a Brivid.

Asfodel pasó junto a sus dos protectores. "No tengo la menor idea de lo que están hablando. ¿Por qué no iba a convertirme en sacerdotisa de Sylissa? ¿Y qué se supone que he hecho?".

"Ya que tengo que explicártelo, lo haré". Acercó una silla y se sentó. "Hace unos meses, Vass regresó a Cuantisarilishon. Estaba en un estado espantoso. Para ser sincero, no sé cómo llegó allí".

Asfodel cerró los ojos y respiró hondo ante la mención de su ex pareja.

"¿Qué quieres decir?"

"Era un cascarón". Lin respiró hondo y apretó los labios. "Y todo por tu culpa". Apuntó con un dedo hacia ella.

"¿Qué quieres decir con que todo fue por mi culpa?

" Lo engañaste para que te amara. Luego usaste su amor para escapar de un matrimonio que no querías". Volvió a señalarla con el dedo.

Asfodel se tapó la boca con la mano. "¿Y Vass? ¿Cómo está ahora?"

"Oh, está muerto. Gracias a ti, murió hace un mes. Nadie pudo hacer nada para salvarle. Personalmente, no creo que quisiera ser salvado".

Asfodel apartó la mirada, con los ojos llenos de lágrimas.

Brivid cogió a Lin por el hombro y giró al elfo para que le mirara.

"Explícate. ¿Cómo murió ese hombre y qué tiene que ver con Asfodel?".

Lin miró a Asfodel, que estaba siendo consolada por Shimilla. Miraron a Lin.

"Después de que ella lo tentara -lo utilizó para librarse del matrimonio concertado, como ya he dicho-, se fueron a Frelli. Vass les encontró un apartamento, pero ¿estaba agradecida? No. Decía que no era suficiente, aunque no tenían dinero para nada mejor. Vass intentó conseguir trabajo, pero era difícil. Al final, le pidió algunas de sus joyas para venderlas, pero ella se negó".

Asfodel dejó de llorar al oír esto. "No fue así".

"¿Ah, no? Eso no es lo que me contó Vass". Lin entrecerró los ojos. "Entonces, de la nada, desapareció. Vass llegó a casa y la encontró desaparecida. La persiguió y la vio subir a un carro que iba a Bluehaven. Se desmoronó después de eso, y se metió con la gente que le dio drogas para ayudar a aliviar el dolor de su partida ".

"¡No! Tomaba drogas antes de que me fuera. Por eso me fui".

Lin se rio. "Claro que dirías eso. Cualquier cosa para librarte de tu responsabilidad por su muerte".

Tonlo puso una mano en el brazo de Lin. "Dices que este Vass era drogadicto". Habló en voz baja, mirando a Lin a los ojos. "Los drogadictos tienen fama de mentirosos. ¿Estás seguro de que esta historia es cierta?"

Lin se puso en pie de un salto. "Conozco a mi primo". Señaló a Asfodel. "Ella lo mató. Fue tan responsable de su muerte como si lo hubiera apuñalado".

El tabernero se acercó. "¿Qué está pasando aquí? No permitiré que la reputación de mi taberna se vea empañada por un grupo de jóvenes peleándose, aunque cuatro de ellos sean novicios de Sylissa. Marchaos. Ahora mismo".

Los cinco se marcharon, y cuando los novicios se volvieron hacia el templo, Lin los llamó.

"No has oído lo último de esto, Asfolesaria".

CAPÍTULO TRECE

Asfodel temblaba. Sentía frío. Más frío de lo que el clima sugería.

Envolviéndose en su capa, trató de aislarse de los que la rodeaban. Sus compañeros respetaron su silencio y caminaron rodeándola, como si quisieran protegerla.

Llegaron a la puerta lateral del templo y entraron, separándose para ir a sus habitaciones.

Shimilla abrió la puerta, y Asfodel entró y se arrojó sobre su cama.

Vass, ¿muerto? No, no puede ser.

¿Lo había matado la droga o era otra cosa? ¿Había hecho lo impensable y se había quitado la vida? No, él no haría eso. Era un elfo, y los elfos consideraban impensable quitarse la vida, excepto para comer. Incluso entonces, pedían disculpas a la criatura, y a Grillon.

Se dio la vuelta y se sentó. "Eso no era cierto. No fue como Vass le dijo a Lin. Creo que te debo la verdad".

Shimilla puso la mano en el brazo de Asfodel. "No hace falta que digas nada. Veo que es muy doloroso para ti".

"No. Debo decírtelo".

Asfodel empezó a contarle su historia a Shimilla, pero la

otra chica la detuvo. "¿Te importaría que Tonlo y Brivid lo oyeran? Podemos pedirles que vengan a escuchar. Tienen tanto derecho como yo a oír tu historia. Al fin y al cabo, han oído una parte, y sin duda estarán especulando".

Asfodel asintió a su compañera y vio cómo Shimilla se iba a buscar a los jóvenes.

"Se supone que no deben estar en nuestras habitaciones, pero ésta es una circunstancia excepcional".

Cuando llegaron, Shimilla les indicó que se sentaran en las dos sillas, mientras ella y Asfodel se sentaban en sus camas.

Asfodel contó su historia.

"Hiciste lo correcto al dejarle", dijo Shimilla.

"Desde luego". Brivid estuvo de acuerdo.

Tonlo asintió.

"Pero si me hubiera quedado, quizá podría haberle salvado y seguiría vivo". Las lágrimas se agolparon en los ojos de Asfodel.

Tonlo se levantó y se sentó a su lado en la cama. Le pasó un brazo por los hombros y habló con su voz suave.

"Asfodel, no puedo asegurarlo, pero dudo que pudieras haber hecho algo para salvarlo. Por lo que nos contaste, estaba completamente dominado por los dragones. Cuando te atrapan así, nada puede salvarte".

"Pero aún le quiero".

Brivid suspiró. "No hay cuenta de a quién amamos. Ahora te duele. No puedo prometerte que perderás ese dolor, pero será menor. La cicatriz puede permanecer. Intenta recordar a la persona de la que te enamoraste".

Los jóvenes se quedaron un rato y luego se marcharon. Shimilla y Asfodel se retiraron a sus camas, pero Asfodel daba vueltas en la cama. Los pensamientos sobre lo maravilloso que había sido Vass al principio, y cómo había cambiado, daban vueltas y vueltas en su cabeza.

Se quedó dormida y soñó que los dragones perseguían a Vass por usar sus escamas.

A la mañana siguiente, las cuatro novicias más recientes se dirigieron a las aulas. Allí encontraron a la hermana Mony con las manos en la cadera.

Cuando las vio, frunció el ceño. ""Ustedes cuatro han violado las reglas. Anoche estuvieron confraternizando en el cuarto de las chicas. Ustedes tres -miró fijamente a Brivid, Tonlo y Shimilla por turno- conocen las reglas al respecto. Prohibido entrar en la habitación de un miembro del sexo opuesto".

Asfodel se adelantó. "Por favor, hermana, no fue culpa suya. Recibí una mala noticia y vinieron a consolarme".

La hermana Mony resopló. "Así que tú eras la cabecilla. Espero que esto no signifique que vas a dar problemas, Asfolesaria".

Asfodel levantó la cabeza. "No hubo nada malo. Estaba agradecida por su consuelo".

"Muchacha, baja la mirada cuando hables con un superior. El hecho es que los cuatro rompieron las reglas. Tendrán que ser castigados. Durante los próximos cuatro días, no saldrán de sus habitaciones excepto para asistir a clase."

"Pero Hermana, los otros estaban tratando de ayudarme. Castígueme a mí, pero no a ellas".

La hermana Mony frunció el ceño. "Tendrás un castigo aún más largo si persistes en discutir. Ahora vete a tus clases". Giró sobre sus talones y se alejó.

"Lo lamento." Asfodel se volvió hacia sus amigas. "Hacían lo que creían correcto. No deberían castigarlos por ayudarme".

Brivid sonrió. "No es una gran dificultad. Tengo a Tonlo como compañía. Aunque no es de muchas palabras, ¿verdad, Ton?".

Los cuatro fueron a su primera clase, que trataba sobre los distintos dioses de Vimar y cómo surgieron. Al final de la clase, la hermana que les enseñaba llamó a Asfodel. Asfodel miró a los demás antes de acercarse.

" Tienes que ponerte al día con los demás. Sólo llevan unas semanas de ventaja, así que no será muy difícil". La Hermana se acercó a una estantería y sacó tres libros. "Debes leerlos".

Asfodel los cogió y se dio la vuelta para marcharse, pero la profesora la volvió a llamar.

"Aún no he terminado, Asfolesaria. Tienes que saber lo de la ceremonia".

Los ojos de Asfodel se abrieron de par en par. "¿Ceremonia?"

"Sí, la que te convierte en novicia. Tienes que hacer los votos de novicia para conseguir tu triskel de plata".

"¿Triskel?"

"Sí. El símbolo de Sylissa". El maestro levantó una cadena de oro con un colgante de oro.

El colgante estaba compuesto por tres brazos, cada uno de los cuales terminaba en una espiral.

"Los novicios tienen uno de plata, y los sacerdotes plenos, uno de oro. La ceremonia es dentro de cuatro días. Los cuatro nuevos novicios prestarán juramento. Tienes que memorizar tus votos, así que aquí tienes un pergamino con ellos escritos". El maestro le tendió un pergamino enrollado.

Asfodel lo cogió.

La Hermana continuó. "Tus amigas también tendrán uno para aprender. Pronunciarán sus votos por separado, y no podrán confiar en murmurar junto con los demás."

Una ceremonia para jurar. ¿Sería capaz de aprender esos votos y leer los libros que le dio el maestro?

Estaba confinada en su habitación todas las noches, y no tendría la distracción de los demás. Shimilla también aprendería su juramento.

Los cuatro novicios pasaban el día juntos en clase y

comían en el refectorio, pero por la noche, tanto Asfodel como Shimilla estudiaban.

"¿Me ayudarás a aprender estos votos?" preguntó Shimilla, tras una hora de silencio.

Asfodel levantó la vista de la lectura de uno de los libros que le había dado el maestro.

"Por supuesto.

Desenrolló su pergamino y leyó junto con Shimilla mientras la muchacha intentaba recordar las líneas.

"¡Oh, no se me da bien aprender de memoria!". dijo Shimilla tras su quinto error. "Ojalá no insistieran en que nos lo supiéramos de memoria. Podríamos leerlo, o ellos podrían decir las palabras y nosotros repetirlas". Se pasó los dedos por el pelo.

"Creo que aprenderlas de memoria significa que las entenderemos y recordaremos mejor".

Shimilla suspiró. "Supongo que tienes razón. Repasémoslo otra vez, ¿vale? Sólo nos quedan tres días para la ceremonia".

"¿Dónde tiene lugar?"

"En el templo, ante todos los sacerdotes que están aquí. Me asusta pensar que, si cometo un error, todos lo oirán".

"No cometerás ningún error. Ahora eres casi perfecta. Dentro de tres días, te preguntarás por qué te preocupaste".

Las chicas se ayudaron mutuamente en la tarea de aprender su juramento.

Supongo que la hermana Mony no se daba cuenta de que nos hacía un favor confinándonos en nuestras habitaciones por las tardes. Sin duda habríamos salido algunas veces.

Los cuatro días pasaron rápidamente. Asfodel leyó los libros y se puso al día con los demás novicios.

Entonces llegó el día de la ceremonia.

Las muchachas se vistieron con sus túnicas blancas y se

ataron las fajas escarlatas a la cintura. Shimilla se puso de pie con los brazos extendidos a los lados y dio vueltas.

"¿Qué tal estoy, Asfodel? ¿Estoy bien peinada? No me aprieta demasiado el fajín, ¿verdad?".

Asfodel se rio. "Estás preciosa, Shimilla. Deja de preocuparte".

Sonó un golpecito en la puerta y Shimilla la abrió.

" ¿Están listas, chicas?" La hermana Mony estaba en el umbral.

La pareja asintió y siguió a la Hermana hasta donde esperaban los jóvenes. Se colocaron detrás de la hermana Mony y se dirigieron al templo.

Al entrar, tomaron asiento en la fila situada frente al altar y la enorme estatua de Sylissa. Asfodel miró a su alrededor. Los asientos seguían la curva de las paredes y se elevaban hacia el techo, lo que significaba que todos los fieles del templo tenían una buena visión de lo que ocurría en el altar. Dos pasillos dividían los asientos en tres bloques.

Asfodel miró hacia donde las ventanas dejaban entrar la luz del sol invernal para iluminar la estatua. *Me pregunto cómo lo hicieron. La luz siempre parece caer sobre Sylissa, sea cual sea la hora del día o del año.*

La ceremonia comenzó en cuanto entró la Madre Caldo. Se colocó detrás del altar y delante de la estatua. Echó un vistazo al templo antes de volverse hacia la estatua.

Hizo tres reverencias. "Sylissa, poderosa diosa, hoy te presentamos a cuatro jóvenes a tu servicio. Desean venerarte ayudando a preservar la vida que tanto amas".

Se volvió hacia Brivid. "Te invito, Brivid, a que jures tu vida al servicio de nuestra Diosa".

Brivid dio un paso al frente, sin su habitual seguridad al ponerse ante el altar. Se arrodilló, con la cabeza inclinada, como le habían dicho.

"Poderosa Diosa, yo, Brivid, juro obedecer tus leyes. Juro respetar a todos los seres vivos y hacer todo lo posible por curar cualquier enfermedad o herida. Cuando sea necesario, me entregaré a ti para ser un conducto de tus poderes curativos. Aquí juro mi fidelidad ante ti y ante toda esta congregación". Se levantó e hizo una reverencia.

La madre Caldo hizo señas a una novicia mayor para que se acercara. La muchacha llevaba un cojín de terciopelo rojo sobre el que descansaba un triskel de plata con una cadena de plata.

La Gran Madre levantó la cadena y la colocó sobre la cabeza de Brivid.

"Recibe este símbolo del amor y el cuidado de Sylissa. Ella te da la bienvenida a su servicio".

Brivid se volvió a su asiento mientras la congregación aplaudía.

Los demás también prestaron juramento antes de que la Gran Madre llamara a Asfodel. Ella se estremeció mientras avanzaba. ¿Debería estar haciendo esto? Lin le había dicho que ella había contribuido a la muerte de Vass. No había sucedido tal y como él lo había contado, pero tal vez ella podría -debería- haber hecho más para ayudarle. Tal vez estaría vivo si ella le hubiera ayudado en lugar de huir.

Sylissa era la diosa de la vida y la curación. Pero Asfodel había contribuido, si no directamente, a una muerte.

Mientras se arrodillaba, le pareció oír un sonido. Un susurro. Frunció las cejas. ¿Alguien le susurraba que no debía ser novicia?

Entonces las palabras se oyeron más claras. *"Hija mía, no tengas dudas. Te quiero en las filas de mis sacerdotes".*

Asfodel miró a la madre Caldo. No había hablado, y frunció el ceño cuando vio la cabeza de Asfodel sin inclinar.

Las siguientes palabras que oyó la muchacha procedían de la Gran Madre en un fuerte susurro.

"Inclina la cabeza, niña, y pronuncia tus votos".

Asfodel hizo lo que le decían, y entonces sintió el triskel

alrededor del cuello y supo que todo había terminado. Era una novicia de Sylissa.

Se levantó y miró a la estatua mientras sonaban los aplausos. ¿Tenía la estatua una ligera sonrisa? No, debía de estar ahí todo el tiempo y ella no se había dado cuenta.

Los demás vinieron a reunirse con ella, y se colocaron frente a la congregación de sacerdotes y sacerdotisas, todos de pie para aplaudir a los jóvenes que habían ingresado en sus filas.

Las cuatro nuevas novicias salieron en fila, con el aplauso aún resonando en sus oídos y amplias sonrisas en sus rostros.

Asfodel se pasó los dedos por el triskel. Lo había conseguido. Era una novicia de Sylissa. Era un símbolo hermoso.

¿Era Sylissa quien le había hablado en el templo? Tal vez fuera su imaginación. Pero había soñado que la diosa le hablaba. ¿Eran sólo sueños?

Asfodel suspiró. Probablemente nunca lo sabría. Pero ahora había cumplido su sueño y se embarcaba en una nueva vida.

¿Pero la dejaría sola Lin? Su sonrisa se desvaneció. Sus últimas palabras habían sonado como una amenaza. No intentaría hacerle daño, ¿verdad?

Decidió no salir sola a la ciudad hasta que supiera que él se había marchado o había renunciado a vengarse.

CAPÍTULO CATORCE

Las lecciones continuaron para los novicios. Algunos de los alumnos más avanzados iban ahora a la enfermería y realizaban curaciones sencillas. Pero Asfodel y sus amigas aún no habían alcanzado ese nivel, y se quedaban en el aula para sus lecciones. A pesar del frío, Asfodel deseaba salir al exterior.

Un día, se sentaron en el jardín durante un descanso del aprendizaje sobre los dioses y sobre cómo Kassilla, el jefe de los dioses, había creado el mundo de Vimar.

"Nunca hace tanto frío de donde yo vengo". Tonlo se levantó la túnica y los demás vieron que debajo llevaba unos calzones de lana. "Incluso con éstos, tengo frío".

Brivid se rio. "¿Tienes uno o dos pares puestos?".

Tonlo dirigió un puñetazo a su amigo, que lo esquivó con facilidad.

La campana dio la séptima hora de luz, y los cuatro se levantaron para volver al aula. Al entrar, su profesor les dijo que volvieran fuera.

Tonlo gimió. Odiaba el frío y se abrazaba a sí mismo cada vez que salían.

"Pronto entrarás en calor, hermano Tonlo", les dijo la maestra. "Vamos a aprender el combate sin armas. No nos gusta derramar sangre, pero debemos ser capaces de defendernos".

Los condujo a una zona abierta donde no habían estado antes. Estaba al otro lado del templo, cerca de la enfermería. Un Hermano esperaba en el centro de la zona.

"Vamos a enseñarles cómo pueden defenderse de diversos ataques", dijo el maestro. " Pongan mucha atención".

Hablaba de espaldas al Hermano del centro.

Asfodel notó que se acercaba sigilosamente hacia ellos. *¿Qué estará haciendo?*

Pronto lo descubrió. El Hermano extendió la mano y agarró a la maestra por el cuello. Mientras las novicias observaban, la Hermana ejecutó un movimiento y su atacante cayó al suelo.

"Eso fue astuto, Hermano. No sabía que ibas a hacer eso".

El Hermano se rio mientras se levantaba y se sacudía el polvo.

"Esa era la idea. Estas novicias tienen que saber que, aunque les pille por sorpresa, lo que les enseñemos les servirá de mucho".

La Hermana protestó, pero siguió a su compañero hasta el centro de la zona abierta. Una vez allí, la pareja demostró una serie de acciones. Cada vez, el sacerdote atacante acababa en el suelo.

La Hermana se acercó a las novicias. "Antes de empezar, debemos calentar los músculos. Quiero que troten alrededor de esta zona durante diez minutos".

Trotaron alrededor antes de hacer algunos ejercicios de estiramiento.

"El combate sin armas se basa en el equilibrio. Deben esforzarse por mantener el cuerpo sobre las piernas en todo momento". Les hizo una demostración. "Ahora vamos a practicar algunos ejercicios de equilibrio".

Los cuatro jóvenes practicaron equilibrios y estiramientos, y luego más carreras durante una hora, pero no aprendieron ningún movimiento. Brivid expresó su decepción en un susurro que sólo pudieron oír los novicios.

La Hermana los despidió y les dijo que el resto del día era suyo.

Asfodel y Shimilla volvieron a su habitación.

"No sabía que tendríamos que aprender a luchar", dijo Asfodel. "Creía que Sylissa se dedicaba a curar".

"Aunque supongo que es bueno saber defenderse", dijo Shimilla. "Nunca se sabe dónde puedes tener que ir a atender a un enfermo o herido".

Asfodel suspiró. "Supongo que sí, pero luchar no es algo que me guste. Al menos, no creo que lo sea. Nunca he estado en una pelea".

A partir de entonces, tuvieron una sesión diaria, y les pareció un descanso divertido de las clases en el aula.

Un día, mientras recorría con Shimilla la corta distancia que la separaba del aula, sintió que un brazo la rodeaba por el cuello. Cambió de peso, dio un ligero empujón y Tonlo cayó a sus pies.

"Bueno, has sacado lo mejor de mí, Asfodel". Volvió a ponerse de pie y se sacudió. "Mira, mi bata está sucia".

Asfodel se rio. "Es culpa tuya. No deberías acercarte sigilosamente a una chica que ha estado aprendiendo combate sin armas".

Llegó Brivid, con cara de preocupación. "¿Han oído los rumores que corren por ahí?".

Shimilla negó con la cabeza. "Siempre corren rumores, Brivid. Ya lo sabes. ¿Es este sobre cómo se ensució la túnica de Tonlo?".

Asfodel y Tonlo se rieron, pero Brivid no participó.

"No. Esto podría ser serio", dijo.

Dejaron de reír y Tonlo dijo: "Explícate".

"El rumor es que uno de los novicios estuvo implicado en una muerte".

A Asfodel se le cayó el estómago a las botas.

"¡Lin! Él está detrás de esto. Hizo amenazas cuando le vimos, pero no creí que pudiera hacer nada si no salía sola. No se refería a amenazas físicas, ¿verdad? Si la gente cree esto, y si descubren que soy yo, me echarán del templo". Se hundió en un banco cercano, con la cabeza entre las manos.

Shimilla se sentó a su lado y rodeó los hombros de Asfodel con un brazo.

"Estoy seguro de que no llegará a eso. Si descubren que es a ti a quien se aplica el rumor, puedes decirles la verdad".

"Eso espero. Deseo desesperadamente ser sacerdotisa de Sylissa, y poder curar a la gente".

Pero los rumores se extendieron, y la Madre Caldo ordenó una investigación. Envió sacerdotes al pueblo para ver si podían encontrar a la persona que había iniciado los rumores y averiguar cómo la novicia había matado a alguien. Finalmente, un sacerdote rastreó el rumor hasta su origen: Linisharovno.

Pocos días después, Asfodel recibió una orden de la Gran Madre para que acudiera a su despacho. Las vagas esperanzas de Asfodel de que no pudieran encontrar a Lin se evaporaron. Se desplomó en el borde de su cama.

"Di la verdad", le dijo Shimilla. "Es todo lo que puedes hacer".

"Pero, ¿y si Madre no me cree?".

"Estoy segura de que lo hará si eres sincera y no pareces preocupada, como ahora. Madre sabe juzgar muy bien a las personas y normalmente sabe si alguien le está mintiendo. O eso dicen. No he tenido que darle explicaciones. Al menos, todavía no".

Shimilla sonrió, y las comisuras de los labios de Asfodel se torcieron en respuesta.

"Supongo que será mejor que vaya y acabe de una vez".

De camino al despacho de la Gran Madre, a Asfodel se le revolvió el estómago. Mientras golpeaba la puerta, pensó que iba a vomitar. Se sintió mareada cuando la llamaron.

Se arrodilló, como era preceptivo ante la Gran Madre, y mantuvo la cabeza inclinada. Su mirada revoloteó de un lado a otro y divisó un par de piernas masculinas.

Quién-

"Puedes levantarte, Asfolesaria", dijo la Gran Madre.

Cuando se puso en pie, Asfodel lanzó un grito ahogado. Las piernas masculinas pertenecían nada menos que a Lin. La miraba sonriente. Su nerviosismo desapareció en un instante, y fue todo lo que pudo hacer para no abalanzarse sobre él y abofetearle la cara. Apretó los labios y clavó las uñas en las palmas de las manos.

"Este joven ha dicho cosas inquietantes sobre ti, Asfolesaria".

Asfodel permaneció en silencio. Miró a Lin con el ceño fruncido.

"¿Quieres saber lo que ha dicho?".

"Ya lo sé, Madre".

La Madre Caldo enarcó las cejas. "¿Y cómo lo sabes? ¿Es porque sus acusaciones son ciertas?".

Asfodel respiró hondo. "No, Madre. No son ciertas. Lo sé porque me acusó en mi cara hace seis días".

Dejó que su mirada se elevara hasta el rostro de la Madre Caldo, algo que no estaba permitido. Los sacerdotes subordinados debían mantener los ojos bajos ante la Gran Madre o el Gran Padre, como símbolo de respeto y deferencia.

La Madre Caldo pasó por alto este desafío.

"Entonces debes contarme tu versión de la historia, hija. Si no estoy satisfecha, y creo que lo que Lin ha dicho es cierto, entonces tendrás que dejar el servicio de Sylissa. No podemos tener al servicio de la diosa de la vida a alguien que ha estado implicado en la muerte de otro".

Asfodel respiró hondo, apretando los dientes. Miró fijamente a Lin.

"Una vez fuimos amigos. Tú y Syssi, Vass y yo. ¿Qué dice Syssi?"

Lin le devolvió la mirada. "Sissi no cree que ocurriera como dijo Vass".

Asfodel apartó la mirada del joven y volvió a bajar los ojos. Comenzó a relatar lo sucedido, sin omitir nada.

"¿Y no te quejaste del apartamento que Vass encontró para vosotros dos?". Lin apretó los labios.

"Sí, me quejé. Deberías haberlo visto, Lin. Estaba sucio y lleno de alimañas. No habrías vivido allí".

La madre Caldo dijo: "¿Por qué lo dejaste?".

"Ya se lo dije, Madre. Se volvió adicto a las escamas de dragón. Me exigió que le diera mis joyas para venderlas. Me negué. Pensé que, si no podía conseguir la droga, se vería obligado a dejar de tomarla, pero me golpeó y me las robó. Fue entonces cuando decidí que tenía que irme. Si me golpeaba para quitarme las joyas, pronto me quitaría el sueldo. Era todo lo que teníamos para vivir, Madre".

Los ojos de Asfodel se llenaron de lágrimas.

"Si me negaba a darle mi dinero, volvería a golpearme y se lo llevaría. Entonces no tendríamos con qué pagar el alquiler ni comprar comida". Ahora sollozaba. "Estaríamos en la calle. Tuve que irme, Madre, ¿no lo ve?"

"Pero este joven dice que sólo tomó la droga después de que te fueras".

Asfodel sacudió la cabeza con vehemencia. "Eso fue lo que le dijo Vass. Vass era débil. Al principio no lo parecía. Fue él quien sugirió que huyéramos juntos. Parecía decidido. Me pareció maravilloso". Se arrodilló y dejó caer la cabeza sobre las manos.

Oyó que la Madre Caldo le hablaba a Lin en tono suave y lleno de simpatía.

"¿Todavía crees a tu primo? ¿Crees que una joven elfa habría reaccionado así si estuviera mintiendo? Lamento profundamente la triste adicción de tu primo que al final acabó con su vida, y tu pérdida, pero creo la historia de la hermana Asfolesaria. Tu primo consiguió tirar por la borda un gran amor. Vete ahora, de vuelta a Rindisilaran, y llora, pero dile a todo el mundo la verdad. Sí, incluso a los padres de Vass. Has hecho un gran daño a esta joven viniendo aquí y sacando a relucir su pasado cuando empezaba a recuperarse".

Asfodel levantó la vista, con el pelo negro tapándole la cara. Lin se arrodilló a su lado y la levantó.

"Lo siento, Asfodel. No debí creer en la palabra de Vass. No era el Vass que yo conocí cuando volvió a casa. Te he hecho daño removiendo el pasado. Por favor, perdóname".

Asfodel miró sus ojos húmedos y vio verdadero dolor. Respiró hondo, empujando su rabia hacia el fondo.

"Te perdono, Lin".

Miró a la Madre Caldo, que la observaba con los ojos entrecerrados. *Dijo* que creía a Asfodel, pero ¿en qué estaba pensando ahora?

La Madre Caldo dirigió su mirada a Lin. "¿Comprendes perfectamente que lo que hablaba no era tu primo, sino el dragón que había dentro de él? Llevaba mucho tiempo consumiendo escamas de dragón en polvo. Eso da algo de la personalidad de un dragón a la persona, y los dragones tienen fama de dar un sesgo a la verdad si les beneficia".

Lin agachó la cabeza. "Sí, Madre. Lo comprendo. Si le soy sincero, noté algunas cosas que no me parecían del todo correctas en la historia de Vass, pero no quería pensar que mi primo estaba tan ido como para mentirme". Miró hacia Asfodel. "Y lo que dijo de ti no se parecía a la chica que yo conocía. Pero me dije que debías de haber cambiado".

Bajó la cabeza una vez más y susurró: "Me avergüenzo de lo que intenté hacerte. Estaba tan enfadado por lo que creía que le habías hecho a Vass que quería hacerte todo el daño que pudiera". Miró a la Madre Caldo. "Los elfos veneramos la vida e intentamos no dañar a ningún ser vivo, así que no podía herirla físicamente. Esta parecía la mejor manera de vengarme".

Suspiró. "Por favor, puedo irme ya, Madre. Necesito ir a casa y corregir algunos de los errores que tanto Vass como yo hemos cometido".

La Gran Madre asintió, y Lin giró sobre sus talones y salió de la habitación.

La Madre Caldo se volvió hacia Asfodel. "Hija, has sufrido un gran trauma. Deberías ir al templo y rezar". Se subió las gafas a la nariz. "Huir con tu novio para escapar de un matrimonio concertado no fue lo correcto".

"Pero, mamá. Está mal obligar a alguien a casarse contra su voluntad. Sobre todo, si ama a otra persona".

"Estoy de acuerdo. Pero la forma en que lo hiciste estuvo mal. Ruega a los dioses. No sólo a Sylissa, sino a Bramara, la diosa del matrimonio".

Asfodel sabía que esto era un despido. Salió del despacho de la Gran Madre y se dirigió al templo. Al entrar por las grandes puertas dobles, se detuvo y miró la enorme estatua de Sylissa detrás del altar. Bajó los escalones y se arrodilló ante su diosa.

Asfodel no tenía palabras. No iba a pedir perdón por hacer algo que creía correcto.

Apartó sus recuerdos de los malos momentos con Vass y los guardó en una caja dentro de su cabeza. Podía sacarlos si quería, pero ya no eran importantes.

Los buenos momentos los mantuvo en primer plano.

El sol de invierno que entraba por las altas ventanas se desvanecía poco a poco. Las sombras se deslizaban por el templo, y la estatua de Sylissa parecía más alta en la penumbra.

Asfodel levantó la cabeza y miró a su alrededor. Había pasado las últimas horas sumida en sus pensamientos. Madre Caldo le había dicho que huir con Vass no era lo correcto.

¿Habrían cedido sus padres a sus exigencias de que se casara con Vass en vez de con Frishillondor?

Su madre no lo habría hecho. Las apariencias lo eran todo para ella. Que estuvieran emparentados con el Señor de los Elfos era algo que su madre nunca le permitió olvidar. Que Asfodel se casara con un don nadie como Vass habría sido aborrecible para ella.

Los sacerdotes y sacerdotisas comenzaron a filtrarse en el templo para el culto vespertino. Asfodel se levantó y se estiró. Se dirigió hacia donde se sentaban las novicias, tomó asiento y comenzó el servicio.

Durante todo el servicio, Asfodel reflexionó. Cuanto más pensaba, más convencida estaba de que había hecho lo correcto.

No está bien obligar a una persona a casarse con alguien a quien no ama. Es casi una garantía de infelicidad. ¿Quién tiene derecho a tirar por la borda la felicidad de otro? Especialmente para sus propios fines. No, no hice mal en huir con Vass.

Tras el oficio, los novicios se dirigieron a sus aposentos. Todavía no se les permitía salir, así que se tomaron su tiempo para volver.

"¿Qué pasó con la Madre Caldo?" preguntó Shimilla. "Estuviste fuera tanto tiempo que temí que te hubiera echado".

Asfodel negó con la cabeza. "Ella me creyó. Lin estaba allí. Le había contado su historia".

"¿No le creyó?" dijo Tonlo.

Asfodel se encogió de hombros. "No lo sé. Me pidió que contara mi versión. Después de hacerlo, dijo que creía mi historia, y me dijo que fuera a rezar."

"Por eso estabas en el templo cuando llegamos", dijo Brivid.

Llegaron a la puerta de la habitación de las chicas y se detuvieron.

"Hasta mañana". Shimilla abrió la puerta y las dos chicas entraron.

Asfodel se hundió en la cama. "Madre Caldo me creyó. Y al final, creo que Lin también. Al menos nos separamos en términos razonables".

"Lo que hizo fue terrible". Shimilla negó con la cabeza. "Ni siquiera tenía la historia correcta".

"Ahora la tiene". Asfodel se echó hacia atrás, con las manos detrás de la cabeza. "Le he perdonado".

"¿Qué? ¿Después de que intentara sacarte del templo y arruinar tu reputación?".

"Sí. Pensó que estaba haciendo lo correcto: castigar a la persona que había matado indirectamente a su primo".

Shimilla resopló y se quedó junto a la ventana, mirando al cielo.

"Está despejado. Habrá una helada esta noche".

CAPÍTULO QUINCE

El invierno pasó a la primavera. Asfodel y sus amigos habían trabajado duro, aprendiendo mucho sobre todos los dioses, así como sobre Sylissa. La mayoría de la gente sólo conocía al dios al que servían, y poco sobre los demás.

A Asfodel le fascinó saber que Sylissa, diosa de la vida y la curación, era gemela de Kalhera, diosa de la muerte.

Cuando preguntó por lo que le parecía una anomalía, su maestra respondió: "Lo que es cierto en la vida es la muerte, Asfodel. Son simplemente las caras opuestas de una misma moneda. Las hermanas no se oponen".

Los cuatro novicios aprendieron historia y geografía, así como religión, e incluso recibieron lecciones de música y arte. Aprendieron herboristería y la mejor manera de cultivar las diversas hierbas utilizadas en los brebajes curativos. También aprendieron a cocinar.

Un día, cuando el sol brillaba y las flores de primavera estaban en plena floración, su maestro los sacó de las aulas.

"Creo que ya están listos para empezar a aprender a canalizar la curación de Sylissa", les dijo, mientras se acercaban a la enfermería.

En la puerta, Asfodel vio a sus amigas de cuando se

formaba para ser curandera. La saludó con la mano, y Hayen corrió hacia ella y la envolvió en un abrazo.

"Me alegro de verte, Asfodel. ¿Vas a empezar a aprender aquí? Ya hemos terminado la formación básica. Nos han dejado sueltas con algunos pacientes". Soltó una risita. "¡Aún no he matado a nadie!".

"Hasta luego, Hayen. Me tengo que ir". Asfodel sonrió. "¿Almuerzo?"

Hayen asintió. "Llevaré a Ril".

"Eso estará bien". Asfodel se apresuró tras los demás.

Un sacerdote se inclinaba sobre una mujer. Pasó las manos por el cuerpo de la mujer, suspendiéndolas un poco por encima de ella.

Se detuvo en el vientre. ¿Es aquí donde tienes el dolor?".
Ella asintió.

El sacerdote le puso una mano en el corazón y la otra en la cabeza antes de cerrar los ojos. Asfodel notó que movía los labios.

"Está rezando a Sylissa para que envíe su poder curativo a través de él", les susurró el maestro.

"¿Por qué le pone la mano en el corazón y en la cabeza?". le susurró Shimilla.

"La cabeza contiene el espíritu de una persona, y el corazón las emociones. Ambos deben utilizarse para ayudar a la curación. La mayor parte del poder curativo de Sylissa viene a través del sanador, utilizando su propia fuerza, pero ese poder también procede de la persona enferma. Debemos tener cuidado de no canalizar demasiado, o podríamos matar al paciente al extraer demasiado de su propio espíritu".

Brivid frunció el ceño. "¿Cómo sabemos cuánto canalizar?".

"Eso viene con la experiencia. En parte tiene que ver con cuánto le pides a Sylissa y con lo que puedes aguantar".

observó Asfodel, recordando lo que había visto cuando estaba con Trinelli.

"A veces la sanadora no pone las manos en la cabeza y el corazón".

"No. Si se trata de algo muy sencillo, como un corte o un esguince, bastará con dirigir el poder directamente a la herida".

Después de observar diversas curaciones, el maestro dijo a los novicios que fueran a comer y que se reunieran después en la enfermería.

Asfodel se apresuró a la cantina para reunirse con Hayen y Ril. Presentó a sus compañeras novicias. Brivid miró a las dos chicas y se sentó junto a Ril.

Asfodel sonrió. Ril era una chica atractiva, alta y delgada, con el pelo moreno. Sus ojos castaños miraban con admiración a Brivid. ¿Había un romance en ciernes? Estaría bien, dos amigos suyos juntos.

Charlaron hasta que llegó la hora de volver a la enfermería. Antes de reunirse con los demás, Brivid le dijo algo a Ril que la hizo sonrojar.

Aquella tarde, el maestro asignó a cada novicio uno de los sacerdotes. Debían seguir a ese sacerdote en sus tareas, limitándose a observar. Estarían con él los seis días siguientes.

Asfodel fue asignada a un joven sacerdote llamado Ronstil. Inclinó la cabeza, como era preceptivo ante un superior.

Bajó la mirada. "Me han dicho que te llamas Asfodel".

Ella asintió.

"Voy a atender a un chico con una pierna rota. Sígueme y observa".

Como si fuera a hacer otra cosa. Para eso estamos aquí.

Una vez tratado el chico, Ronstil se dirigió al almacén.

"Voy a darle algo a un hombre con malestar estomacal. ¿Qué le recetaría?"

Asfodel pensó un momento. "Jengibre estaría bien, creo. O quizá menta. Depende de cuál sea la causa".

Ronstil asintió. "Creo que probaremos con el jengibre.

Sospecho que sus dolores son indigestión, pero lo comprobaré para asegurarme".

Al final de la tarde, Ronstil se volvió hacia Asfodel.

"Mañana tengo que hacer una obra de caridad". Hablaba como si le hubieran pedido que recogiera basura. "Nos encontraremos aquí a la tercera hora del día".

Se dio la vuelta y salió de la enfermería.

Supongo que eso fue una despedida.

Asfodel regresó a su habitación, donde se tumbó en la cama hasta que Shimilla regresó.

"Oye, ¿qué opinas de Brivid y Ril?", le dijo su compañera de habitación. "A él le gusta ella, diría yo. Seguro que la ha invitado a salir. ¿Le viste hablando con ella después de comer?".

Asfodel se incorporó. "Sí. Parecía gustarle".

"Podemos salir esta noche. Nuestro encierro ha terminado. Vamos a buscar a los chicos. Podemos averiguar si Brivid ha invitado a salir a Ril. Si no puede venir con nosotros, entonces es un hecho".

Asfodel se rio. "Quizá no pueda venir porque tiene trabajo que hacer, no por Ril".

"¡Ja! ¿Desde cuándo Brivid tiene más trabajo del que necesita? No tenemos tareas que terminar. Ahora estamos haciendo sombra a los sacerdotes. No. Si no puede venir, es por culpa de Ril".

Las chicas llamaron a la puerta cuando llegaron a la habitación que compartían Brivid y Tonlo.

"¿Tienes ganas de salir?" preguntó Shimilla.

"Iré, pero creo que Brivid tiene otros planes". Tonlo sonrió y se volvió para mirar hacia la habitación, donde su compañero se estaba afeitando. "Le hiciste un favor en la comida, presentándole a tus amigas".

Salió de la habitación, cerrando la puerta tras de sí, y los tres se pusieron en camino hacia el pueblo.

"He oído que esta tarde hay una feria en la Plaza del

Mercado", dijo Shimilla. "Debería haber buen entretenimiento. Vamos".

Los demás estuvieron de acuerdo y se unieron a la multitud que abarrotaba las calles.

Cuando entraron en el mercado, una miríada de sonidos llenó el aire. Los vendedores voceaban sus mercancías por todas partes. La gente hablaba y reía. Los niños chillaban de emoción y los perros ladraban.

Asfodel aguzó el oído al oír el sonido de las gaitas élficas transportadas por la brisa. Sintió un momento de tristeza y añoranza por los bosques de su hogar.

"Voy a escuchar las gaitas. Ustedes dos pueden hacer lo que quieran, y me reuniré con ustedes aquí en media hora".

La plaza del mercado estaba llena de puestos que vendían productos exóticos: carnes dulces, comidas picantes de tierras del otro lado del Océano Oriental, productos artesanales y extrañas especias. El aire estaba impregnado del aroma de las flores que vendían los floristas. Las especias añadían sus propios aromas, con el olor de los cuerpos humanos como fondo.

Asfodel se abrió paso entre la masa de gente hasta llegar al borde del mercado, donde dos jóvenes elfos tocaban la flauta para una pequeña multitud. Cuando terminaron, hubo una salva de aplausos y uno de ellos se acercó con un cuenco para recoger el dinero que la gente quisiera dar.

Asfodel rebuscó en su bolsa y sacó un monarca de plata. Era mucho dinero por unas pocas melodías, pero escuchar la música de su tierra merecía la pena.

Cuando echó el dinero en el cuenco, el joven elfo levantó los ojos y casi se le cae todo.

"¡Asfodel! Eres tú. Todos te daban por muerta".

Ella frunció el ceño, sin reconocer al joven. Entonces cayó en la cuenta. Había estado en su colegio, dos cursos por debajo de ella.

Ella sonrió. "Hassimollor. Así es, ¿no? Te llaman Hassi".

Él le devolvió la sonrisa. "Te acuerdas de mí. No creí que lo hicieras".

"Siempre estabas metido en líos. Por eso te conocí".

Su cara se descompuso. "Sí. Era bastante travieso. Reprobé mis exámenes". Se animó. "Pero aprobé música, así que me he dedicado a tocar en ferias por todo Khalram. He estado en Erian, Perimore y ahora en Grosmer. Quiero ir a Graal, donde viven los enanos, y tal vez sobre el Mar Interior y conocer las tierras más allá del Gran Desierto".

Asfodel se rio. "¿Te gusta vagar, entonces?".

"Ver lugares diferentes es genial. Debes haber pasado por Erian para llegar a Grosmer. ¿Te gustó?"

Asfodel cerró los ojos mientras su estancia en aquel país volvía a ella con todos sus tristes recuerdos."

"Lo siento, Asfodel. No debería haberte recordado aquella época".

"¿Lo saben todos? ¿Saben todos lo que pasó?"

"Saben lo que Vass les contó". Hassi se encogió de hombros. "Algunos no lo creen, otros sí".

"¿Sabes si mis padres lo creen?".

Sonrió. "No, no lo creen. Lin volvió y les contó la verdad. Tu madre lloró, dijo. Le dijo que sabía que no podías hacer lo que Vass dijo que hiciste".

Asfodel sintió como si se hubiera quitado un peso de encima. No se había dado cuenta de lo mucho que le preocupaba que sus padres pudieran pensar que ella había contribuido de algún modo a la adicción a las drogas de Vass y a su muerte final.

Sonrió al joven. "Gracias. Creo que tu amigo te espera".

Con un gesto de alegría, Hassi corrió hacia su amigo y la pareja empezó a tocar una alegre melodía que hizo que la gente se pusiera a bailar. Algunos empezaron a bailar, y Asfodel comenzó a balancearse al ritmo de la música.

Tonlo se acercó a ella. "Hola, Asfodel. ¿Quieres bailar?

La agarró por la cintura y la hizo girar. No conocía los

pasos que daba, pero él era un bailarín experto y a ella le resultó fácil seguirle.

Pronto, la melodía llegó a su fin y los bailarines se detuvieron, riendo.

"No sabía que bailaras tan bien", dijo Asfodel.

Tonlo arrastró los pies y bajó la mirada. "Me divierte, eso es todo".

Shimilla se acercó a la pareja. "No seas tan modesto, Tonlo. Has bailado de maravilla. Y Asfodel, ¿cómo sabías esos pasos?".

"No los sabía. Tonlo es tan bueno que consiguió sacarme adelante con el baile".

Los tres dejaron a los elfos tocando la flauta y se fueron a explorar la feria.

La charla con Hassi le había quitado un peso de encima a Asfodel. Ahora sentía que podía escribir a sus padres. En cuanto regresaran al templo, les escribiría una carta.

Sonrió. "Vamos, veamos qué más se ofrece aquí".

Corrió hacia una multitud reunida frente a un escenario, y los demás la siguieron.

Un mago viajero comenzaba su actuación. En Vimar, los aprendices de mago se sometían a una prueba cuando su maestro consideraba que estaban preparados para unirse a las filas de los magos. Los que suspendían solían montar una tienda de magia o se dedicaban a viajar como magos ambulantes. No podían realizar más que algunos hechizos básicos, pero con algunos juegos de manos conseguían ofrecer un espectáculo emocionante a los no versados en magia.

Este hombre era uno de los mejores. Lanzaba bolas de colores al aire, que estallaban en una miríada de estrellas. Conjuraba flores de la nada y hacía desaparecer cosas. Arrancaba monedas de las orejas y las narices del público y hacía que las llamas pasaran de uno de sus dedos a los demás.

Asfodel estaba embelesada. Al igual que el resto del público, no podía distinguir entre magia real y trucos.

Aplaudió con el resto y dejó caer un monarca de plata en el cuenco que el hombre pasaba.

Shimilla frunció el ceño. "Es mucho dar".

Asfodel se alejó dando saltitos como una niña pequeña. "Ha merecido la pena".

Sacudiendo la cabeza, Shimilla se apresuró a seguir a su amiga.

Después de ver al mago, el trío compró unas tartas en uno de los puestos y zumo de frutas en otro. Comieron mientras paseaban, mirando los puestos. Mucha gente había venido del campo y vendía cosas hechas por ellos: gorros de lana, delantales de lino, suéteres de punto, encajes finos hechos cuellos, esteras y otras cosas. Había ollas, joyas, zapatos, delantales de cuero y un calderero que remendaba y fabricaba ollas y sartenes.

Tonlo se detuvo en un puesto de ropa de lana. Compró un gorro rojo brillante que no tardó en ponerse. Destacaba sobre su rizado pelo negro.

"Ahora no te perderemos, Tonlo". Asfodel sonrió mirando al joven.

"Tengo la cabeza caliente por primera vez en mucho tiempo. Parecía como si no estuviera haciendo nada bueno con la cabeza escondida en la capucha".

Demasiado pronto llegó la hora de regresar al templo. El sol había empezado a ponerse y casi había oscurecido cuando entraron por las enormes puertas dobles.

" ¿Lo han pasado bien?" El rector de turno sonrió cuando aparecieron.

Asfodel giró sobre sí misma y recordó que estaba hablando con un superior. Inclinó la cabeza, pero no pudo evitar que se le dibujara una sonrisa en la cara.

"Ha sido maravilloso, rector".

Él le devolvió la sonrisa. "Me alegro de que lo hayan pasado bien. Buenas noches". Volvió a su puesto, vigilando las puertas.

En cuanto entraron en su habitación, Shimilla repuso la leña del fuego y acercó las manos a las llamas.

"Ha sido una tarde excelente", dijo. "Pero, ¿qué te ha hecho tan feliz? Pareces otra persona".

Asfodel encendió una vela y se sentó en su cama.

"Fue ver a esos elfos. Me conocían. Al menos, uno de ellos me conocía. Cuando Hassi me dijo que ahora la gente cree que soy inocente, y que mi madre había llorado y dicho que sabía que yo no había hecho esas cosas... por fin me liberó".

Shimilla se sentó junto a Asfodel y la abrazó.

"Así que ahora puedes ser tú misma".

"Debo escribir a mis padres. Lo haré ahora. Antes no pude hacerlo, aunque lo intenté".

Asfodel se levantó y se dirigió a la mesa, donde cogió una pluma. Abrió un cajón y sacó una hoja de papel.

A medida que escribía, todo afloraba en el papel. Todas las cosas que había querido decir a sus padres mientras estaba en Erian, y nada le había salido. Era como si algo hubiera abierto una puerta y liberado todo.

Cuando terminó, dobló la carta y la metió en un sobre. Escribió el nombre de sus padres en la parte delantera y la metió detrás de la estatua de Sylissa.

¿Responderían sus padres? ¿La perdonarían por no haberles escrito antes?

Asfodel esperaba que sí, o nunca podría volver a su tierra natal.

CAPÍTULO DIECISÉIS

A la mañana siguiente, cuando terminó de seguir a una de las sacerdotisas, Asfodel salió del templo para llevar su carta al estacionamiento de caravanas. Buscó hasta encontrar la caravana que se dirigía a Erian y entregó la carta al jefe.

"Por favor, pásale esto al líder de la caravana que va a Rindisilaran. ¿Cuánto costará?"

El hombre se lo pensó un momento, miró su túnica blanca y sonrió.

"Sólo te cobraré seis reales", dijo. "Sylissa curó a mi hijo pequeño cuando tenía un problema respiratorio. Estaré encantado de ayudar a cualquiera de sus sacerdotes en todo lo que pueda. Sólo lamento no poder hacerlo a cambio de nada".

Asfodel entregó el dinero de ambas partes del viaje y envió una rápida plegaria a Sylissa para que ambos líderes fueran honestos y para que su carta llegara sana y salva. Dio las gracias al hombre y regresó al templo.

Llegó a la enfermería con unos minutos de retraso. El diácono que le habían asignado levantó la vista para atender a una niña.

"Llegas tarde", le espetó.

Se enderezó y miró a Asfodel con ojos fríos.

"No es propio de un sacerdote llegar tarde. Un paciente puede empeorar o morir por llegar tarde". Se volvió hacia el paciente. "Este niño tiene una tos muy fuerte. Me preocupa que pueda convertirse en neumonía. Voy a pedirle a Sylissa que le ayude a respirar".

Le puso las manos en la cabeza y el corazón y empezó a murmurar. Al cabo de unos minutos, la niña tosió dos veces y luego respiró con más facilidad.

Miró a su madre, que estaba de pie junto a la cama.

"Mamá, estoy cansada". Cerró los ojos y se quedó dormida, respirando con más facilidad.

El diácono se volvió hacia la madre. "No está curada. He aliviado su respiración, pero necesitará muchos más rituales curativos, o la atención de un obispo, antes de estar bien". Se volvió hacia Asfodel. "Ahora vayamos a lavarnos las manos antes de atender al siguiente paciente, y podrás explicar por qué has llegado tarde".

Esa misma tarde, la maestra de novicias llamó a Asfodel.

"El diácono Smoll me ha dicho que esta tarde has llegado tarde a la enfermería".

Asfodel agachó la cabeza. "Sí, Hermana".

"¿Y por qué fue eso?"

"Tenía que llevar una carta al estacionamiento de caravanas".

La Hermana frunció el ceño. "¿Tenía que llevarla? ¿No podría haber esperado hasta esta tarde, cuando pudiera llevarla en su tiempo libre?"

"Tenía que alcanzar la caravana a Erian, que habría partido esta tarde". Miró a la hermana Mony.

"Baja los ojos, muchacha", le espetó la hermana Mony.

Asfodel obedeció. No quería meterse en más problemas de los que ya tenía.

La hermana Mony continuó. "Podría haber alcanzado la siguiente. Es tu deber estar en la enfermería a la hora que te corresponde. No te castigaré esta vez, pero asegúrate de no volver a llegar tarde".

"No, Hermana. Sólo era esta carta. Era importante".

La hermana enarcó una ceja. "¿Qué tenía de importante esta carta?".

"Era una carta para mis padres. Para hacerles saber que estoy viva y bien, y que me estoy entrenando para ser sacerdotisa".

"No veo por qué tanta prisa. Tus padres saben que estás viva y bien después de que el elfo -cómo se llama... Lin- volviera y se lo contara".

Asfodel apretó los labios. "Pero necesitan oírlo de mí. Y yo necesito oír que me han perdonado por huir".

La maestra de novicias reprimió una sonrisa. "Comprendo tu ansiedad al respecto, pero recuerda que tu deber es lo primero. Siempre. Anteponemos la salud de nuestros pacientes a todo lo demás".

"Sí, Hermana".

Asfodel se apresuró a volver a su habitación, donde Shimilla esperaba, ansiosa por saber por qué su compañera de habitación había tenido problemas.

Los narcisos florecían y los árboles se llenaban de hojas. El sol subía cada día más alto en el cielo y el tiempo era cada vez más cálido.

A Asfodel le encantaban sus estudios. No había vuelto a llegar tarde y todo iba bien.

En uno de los días más largos y calurosos, la maestra de novicias la llamó.

¿Qué he hecho ahora?

Entró en el despacho de la Maestra. "Asfolesaria, has hecho grandes progresos en tus estudios, tanto teóricos como prácticos. Creo que estás lista para probar algunos hechizos curativos sencillos. Aún no podemos dejarte practicar con nuestros pacientes, así que he concertado una cita con la Curadora Amelli. Sólo está un rango por encima de un novato, pero te ayudará con unos sencillos rituales de curación".

A Asfodel se le revolvió el estómago. ¿De verdad voy a aprender a curar como es debido?

"Sí, hermana. ¿Cuándo conoceré a la curadora?"

"Vendrá a tu habitación mañana. Te excusará de la enfermería".

A Asfodel se le revolvió el estómago mientras recorría la corta distancia que la separaba de su habitación. No sabía si estaba emocionada o nerviosa.

Una vez allí, se paseó por la habitación que compartía con Shimilla y se sentó en la cama. Se recostó y volvió a sentarse. Al cabo de unos minutos, volvió a pasearse.

"Asfodel, cálmate". Shimilla rio mientras llevaba a su amiga a la cama. "Mañana no llegará más rápido si caminas a tu ritmo. Creo que deberíamos dar un paseo. Te ayudará a deshacerte de la energía que te sobra".

Asintiendo con la cabeza, Asfodel abrió la puerta y las dos chicas salieron al jardín.

"Mira". Asfodel señaló al cielo. "¿No es una golondrina?"

Shimilla levantó la vista. "Sí, es una golondrina. Me encanta observarlas. Supongo que tendrá un nido en algún lugar bajo los aleros del templo".

Asfodel sonrió al ver a la golondrina zambullirse y lanzarse en picado tras pequeños insectos. "Las llamamos essil nellirross, las precursoras del verano, aunque la mayoría son sólo essil. Mira, ahí hay otra".

Observar a las golondrinas tranquilizó a Asfodel, que se sentó en un banco bajo un gran árbol, con la mirada fija en el cielo. Un gran gato blanco y negro se acercó y se frotó en sus piernas. Asfodel dio un respingo, asustada, y se inclinó para acariciarlo. El gato saltó a su regazo, ronroneando. Asfodel le acarició la cabeza. El felino arqueó la espalda cuando ella lo acarició, y dio dos vueltas antes de tumbarse. Divisó una golondrina que descendía en picado. Observó cómo ganaba altura, moviendo la cola.

"¡Oh, no!" Asfodel levantó al gato al suelo. "No debes ir detrás de los pájaros. Tu trabajo es mantener el templo libre de ratas y ratones. Los pájaros no cuentan como alimañas".

Shimilla se inclinó para acariciar al gato. "Es una belleza. Pero no creo que puedas decirle que no vaya detrás de los pájaros si quiere. Es su naturaleza".

Asfodel suspiró. "Sí, lo sé".

Las golondrinas se habían esfumado, y con ellas el gato, que perdió interés cuando desaparecieron los pájaros. Las sombras empezaron a deslizarse por el jardín y las muchachas regresaron a su habitación. Se desvistieron y se tumbaron en sus camas.

Asfodel volvió a sentirse nerviosa, pero se armó de valor para permanecer quieta y no molestar a Shimilla, cuya respiración se entrecortaba mientras dormía.

Las extremidades de Asfodel se agitaron, queriendo levantarse de la cama y caminar. Sentía náuseas en el estómago. *¿Estoy preparado para esto? Curación real, no sólo mirar o administrar pociones. Los otros tres no están haciendo esto. ¿Por qué han dicho que estoy listo? No me siento preparada.*

Sus pensamientos daban vueltas y vueltas. *Como las golondrinas.*

Asfodel pensó en los pájaros que volaban por el jardín tras los insectos. Pensó en el gato y en cómo la había tranquilizado su suave ronroneo. Volvió a sentir su suave pelaje bajo los dedos y, poco a poco, mientras estos pensamientos la envolvían, se quedó dormida.

A la mañana siguiente, llamaron a la puerta.

"Será la curadora", dijo Shimilla. "Pues ve a abrir".

Asfodel se quedó clavada en el sitio, mirando la puerta.

"Yo abriré, entonces". Shimilla abrió la puerta y dejó entrar a una joven unos años mayor que ella.

La curadora sonrió a Shimilla y luego miró a Asfodel.

"Me llamo la curadora Amelli. Voy a empezar a enseñarte a curar". Luego se le cayó la cara. "La hermana Mony dijo que debería enseñarte, pero no estoy segura de ser lo bastante buena. Después de todo, sólo soy una curadora. Seguramente un sacerdote de mayor rango sería mejor. Tienen más experiencia y saben mucho más sobre cómo hacer que Syllissa envíe sus poderes curativos".

La incertidumbre del coadjutor Amelli hizo que Asfodel se sintiera mejor. "Estoy seguro de que harás un excelente trabajo. ¿Por dónde empezamos? ¿Aquí o en otro sitio?"

"Vayamos al jardín e intentaré recordar de qué trataba mi primera lección".

Entraron en el jardín, donde las rosas estaban en plena floración.

Amelli sonrió. "Me encantan las rosas. Son mi flor favorita".

Las dos jóvenes caminaron entre las rosas, conociéndose mutuamente. Amelli se detuvo junto a una fragante rosa amarilla y se inclinó para aspirar su perfume. Dio un grito y, al levantar la cabeza, Asfodel notó que le corría sangre por la mejilla.

Amelli sacó un pañuelo del bolsillo y se limpió el arañazo. "No vi esa rama. No pica ni la mitad". Volvió a limpiarse y se le iluminaron los ojos. "Ya lo tengo. Te enseñaré a curarme el arañazo. Es una herida pequeña y deberías poder curarla".

Amelli la condujo a un banco cercano y se sentó.

"Ahora, así es como se empieza. Toma tu mano y colócala sobre el rasguño. No, no lo toques. Pásala justo por encima. Eso es. Ahora aléjala un poco. ¿Puedes sentir alguna diferencia entre la herida y el resto de mi cara?"

"Siento más calor sobre la herida". Asfodel frunció el ceño. "¿Cómo puede ser?"

"Eso es bueno. La mayoría tenemos que aprender a notar la diferencia. Para ti es natural. Ahora cierra los ojos, pon una mano en mi cabeza y la otra en mi corazón. Ahora piensa que la herida se cierra, que la hemorragia se detiene. Al mismo tiempo, pídele a Sylissa que te ayude".

Asfodel cerró los ojos e hizo lo que le pedían. En su interior, sintió algo parecido a un líquido frío que fluía a lo largo de su brazo, hacia donde su mano se cernía sobre la mejilla de Amelli. Pensó en la herida y se la imaginó cerrándose poco a poco, y luego la mejilla tal y como había estado antes del arañazo.

Sylissa, ayúdame.

Al abrir los ojos, le pareció ver una luz plateada que salía de su mano y caía sobre la cara de Amelli. Entonces el calor de la herida se enfrió y ya no pudo sentir ninguna diferencia entre el arañazo y el resto de la mejilla.

"Ya puedes retirar la mano. El escozor ha desaparecido. Bien hecho. Has eliminado el dolor con éxito".

Amelli sonrió, y Asfodel abrió mucho los ojos. Donde un feo arañazo había estropeado la mejilla de Amelli, ahora había una piel inmaculada.

Asfodel se desplomó contra el respaldo del banco, repentinamente cansada. "Ha desaparecido. El arañazo ha desaparecido".

Amelli frunció el ceño. "¿Cómo que ha desaparecido?".

"El arañazo. No se sabe dónde estaba".

Amelli abrió mucho los ojos. "No deberías haber sido capaz de hacer eso en tu primer intento. Sólo esperaba que me quitaras el dolor".

Asfodel se encogió de hombros, y entonces sus ojos empezaron a caer. "Pasó, pero estoy muy cansada".

"Sí, bueno, te ayudaré a volver a tu habitación. Deberías dormir. La curación toma parte de tu fuerza vital, así que te cansa. Iré a contarle a la hermana Mony lo que ha pasado".

Asfodel durmió durante horas. Estaba dormida cuando

Shimilla regresó después de las clases, pero se despertó cuando la otra chica entró en la habitación.

"¿Durmiendo? Entonces hiciste algo de curación. Dicen que te cansa".

Asfodel bostezó. "Sólo hice un pequeño ritual. Me ha cansado mucho. Curar un pequeño rasguño me ha dejado fuera de combate durante todo el día. Si estoy así después de una cosa tan pequeña, ¿cómo estaré después de curar algo como lo que hemos visto en la enfermería?". Miró por la ventana. "¿Ya es hora de que terminen las clases?".

"Sí, ya es hora. Y es tu primera vez, recuerda. Dicen que a medida que avancemos, podremos retener más poder curativo de Sylissa, y no nos costará tanto".

Las lecciones continuaron, y Asfodel aprendía más cada vez. Ahora podía detener la sangre que fluía libremente. Amelli se había cortado el dedo a propósito para que Asfodel intentara detener el flujo de sangre. Le costó varias veces, pero al final la sangre se detuvo. Esta vez, sin embargo, el corte no cicatrizó. Asfodel se alegró porque no se sentía tan cansada como la primera vez.

Asfodel siguió con sus clases durante la mañana y por la tarde pasó un rato en la enfermería. De vez en cuando, iba con uno de los sacerdotes a las zonas más pobres de la ciudad a dar limosna. Aunque era una ciudad próspera, todavía había muchos a los que les costaba sobrevivir.

Llegó el invierno y, aunque no hacía tanto frío como en Rindisilaran, Tonlo se quejaba en todas las ocasiones posibles.

Los cuatro iban de camino a la enfermería, cuando Tonlo empezó a quejarse de nuevo.

"Oh, Tonlo". Brivid dejó de caminar y se cruzó de brazos. "No es para tanto. Deja de quejarte".

Tonlo enarcó una ceja ante el tono de su amigo. "Si te hubieras criado donde yo vengo, también te quejarías. De hecho, creo que algún día te llevaré allí. Entonces te quejarás del calor tanto como yo del frío".

Brivid se desplomó. "Lo siento, Tonlo, amigo. No debería haber estallado. Es que ayer, cuando empecé a aprender a curar, nada salió bien. Ni siquiera pude hacer la curación más sencilla".

Asfodel le puso la mano en el brazo. "No te preocupes, Brivid. A veces es así. Hay ocasiones en las que, sin saberlo, impides que Sylissa te utilice como conducto. Normalmente cuando tienes algo en mente". Ella alzó las cejas.

"No". Brivid se miró los pies. "No me preocupa nada".

Asfodel ladeó la cabeza. "¿Estás seguro?"

Reanudaron la marcha, y Brivid respiró hondo.

"Bueno, como sabes, he estado viendo bastante a Ril".

"¡Ja!", se rio Tonlo. "Y se queda corto!".

Brivid levantó las comisuras de los labios.

"Cada vez que la veo me gusta más. Es guapa, amable y divertida. Nos llevamos muy bien".

"¿Por qué debería ser eso una preocupación?" Asfodel sonrió. "Sé que le gustas. Me lo dijo. Y se sonrojó al decirlo".

"Bueno, estaba pensando... eh... pensando..." Dejó de caminar de nuevo.

Entonces salió de golpe. "¿Crees que ella aceptaría casarse conmigo? ¿O al menos desposarse?".

Los otros tres se rieron.

"¿Así que eso es lo que llamas una preocupación?" Dijo Tonlo. "Le gustas, hombre. Pregúntaselo. Nunca lo sabrás si no lo haces".

"Tonlo tiene razón", dijo Shimilla. "Una vez que lo sepas, la curación volverá a ti. El bloqueo desaparecerá".

Llegaron a la enfermería y se separaron para ir con sus respectivos sacerdotes. Asfodel cruzó hasta donde estaba el rector Jorif mirando a una joven en una cama.

"Ah, hermana Asfodel. Esta joven se queja de una menstruación dolorosa. Creo que sería bueno que la viera y viera qué puede hacer para aliviar su dolor".

Asfodel miró al sacerdote. "¿Yo? Aún no soy curadora. Sólo una novicia".

"¡Baja los ojos, niña!"

Asfodel obedeció.

"Pero eres una novicia muy buena. Creo que puedes ayudar a esta chica". El sacerdote dio un paso atrás.

Se le secó la boca y le sudaron las palmas de las manos. Se frotó las manos en la túnica. Era la primera vez que le permitían curar a un paciente en la enfermería.

Miró al rector Jorif, que sonrió y asintió. Luego se limpió las manos una vez más y las pasó por el abdomen de la joven. Cuando sus manos se acercaron al vientre de la muchacha, Asfodel sintió el calor delator que indicaba que algo iba mal. Cerró los ojos para concentrarse mejor. Estaba segura de que no era nada grave. Sólo fuertes calambres. Todas las mujeres lo habían sentido alguna vez.

Asfodel colocó una mano sobre el corazón de la niña y, al mover la otra hacia la cabeza, algo le dijo que la dejara donde estaba, flotando sobre el vientre. Cerró los ojos e imaginó el poder curativo de Sylissa corriendo a través de ella y saliendo de la mano sobre el abdomen de la niña.

"¿Qué estás haciendo? El rector Jorif frunció el ceño. "Ponle la mano en la cabeza, como te han enseñado. Así se cura. Cabeza y corazón".

Asfodel cerró los ojos y fingió no oír. Miró a través de los párpados entrecerrados y vio las hebras plateadas que había notado antes, pero que nadie más parecía ver. Entraron en el cuerpo de la niña.

Al cabo de unos minutos, la niña sonrió y se incorporó. "Gracias, hermana. El dolor ha desaparecido".

El rector Jorif sonrió a la niña mientras lanzaba miradas furiosas a Asfodel. "¿Te sientes lo bastante bien para estar de pie? A veces la curación exige mucho del paciente, así como del sanador".

"Gracias, Hermano. Sí, me encuentro bien". Giró las piernas hacia el suelo y se puso de pie.

Se tambaleó y el rector Jolif la cogió y la sentó de nuevo en la cama. "Creo que deberías descansar media hora. La curación consume parte de tu fuerza vital, así como la del sanador".

Mientras la muchacha se recostaba, el rector Jolif llevó a Asfodel a una silla y le dijo que se sentara. Ella bostezó. Quitarle el dolor a la niña la había cansado. Era el mayor ritual de curación que había hecho hasta la fecha. También sintió un poco del dolor que había sufrido la niña, pero era leve y pronto se disiparía.

Cerró los ojos brevemente, pero el rector Jolif no había terminado con ella.

"¿Qué creías que hacías, ir en contra de lo que has aprendido? Las manos en la cabeza y el corazón. Eso es lo que hemos aprendido, y eso es lo que hemos hecho durante generaciones de sanadores. Sin embargo, tú, una simple novata, crees que sabes más".

Asfodel abrió los ojos. "Algo me dijo que funcionaría mejor así. Y así fue, creo. La chica debería haber estado más cansada de lo que estaba, por lo que he visto de la curación. No puedo opinar sobre lo que siente un sacerdote. Y fue más rápido de lo que esperaba".

El rector refunfuñó. "No examiné a la muchacha, así que no sé cuán graves eran sus dolores. Tal vez no fueran demasiado fuertes y ella sea una de esas personas que no soportan el dolor. Eso explicaría la rapidez de la curación y la falta de cansancio. Pero tú... tú eres una simple novata y no deberías haber probado algo nuevo antes de haber aprendido siquiera lo básico. Y tú me has contestado. No tienes la humildad adecuada, chica. Ahora sigamos con el siguiente paciente. Por aquí".

Asfodel suspiró y, tras levantarse cansada, siguió al rector por la enfermería.

Más tarde, fue convocada por la hermana Mony, donde recibió otra reprimenda por insubordinación e intentar un experimento sin permiso.

"Pero Hermana", Asfodel mantuvo la cabeza agachada y los ojos bajos, "sentí que algo me decía que lo hiciera. Sabía que era el camino correcto. Tal vez Sylissa me metió la idea en la cabeza".

"Insubordinación", espetó la Superiora de Novicias. "Y herejía. ¿Por qué Sylissa hablaría *contigo*, una novicia? ¿Por qué te diría *a ti* que hicieras eso, y no un sacerdote más veterano y con más experiencia? Ve a tu habitación y piensa en tus defectos. Orgullo y desobediencia. Eres testaruda y necesitas aprender cómo se comporta un sacerdote de Sylissa".

Asfodel se marchó, preguntándose cómo el sacerdocio se había atado tanto a las normas y la obediencia, que no estaban abiertos a nuevas ideas y formas de hacer las cosas.

CAPÍTULO DIECISIETE

No hubo más incidentes como el de la chica que sufría dolores menstruales. Asfodel siguió aprendiendo a abrirse al poder de Sylissa. Su capacidad crecía a medida que pasaban los meses, y ya no se sentía tan cansada después de curar a alguien. Aún sólo podía realizar pequeños rituales de curación, pero los sacerdotes estaban impresionados con sus progresos.

Ril había aceptado casarse con Brivid, y la pareja rara vez se separaba, excepto cuando trabajaban. Asfodel sonrió al ver cómo se gustaban sus amigos, y esperó con emoción el anuncio de la fecha de la boda.

Era el equinoccio, el primer día del mes de Grildar, dedicado a Grillon, que era también el comienzo de un nuevo año. Todo el mundo en el país celebraba la llegada de la primavera y alababa a Grillon, el dios de las cosas salvajes y la naturaleza. Incluso los sacerdotes de Sylissa y los demás dioses se preparaban para celebrarlo.

Asfodel y Shimilla salieron del templo, junto con los demás sacerdotes, y se unieron a la procesión de gente que se dirigía al templo de Grillon.

Grillon no tenía un templo como los demás dioses, sino

que era venerado en anillos de piedras erguidas. Asfodel respiró hondo mientras se acercaban a uno de los tres anillos fuera de la ciudad, disfrutando del aire fresco.

Shimilla y Tonlo la acompañaban, pero Brivid estaba con Ril. Asfodel sonrió al ver a sus amigos caminando de la mano, hacia el anillo de piedras.

Los sacerdotes de Grillon comenzaron sus agradecimientos al dios, y la gente se acercó. Los pastores llevaban corderos recién nacidos. Los cazadores llevaban conejos u otras piezas de caza menor como tributo. Los granjeros llevaban pollos o terneros para sacrificarlos al dios y asegurar un año próspero.

El sacerdote bendecía a los animales y elegía un ternero para sacrificarlo inmediatamente. El resto se sacrificaría más tarde por la mañana.

Colocaba a la criatura sobre el altar y, con un cuchillo, le cortaba la yugular y recogía la sangre en un cuenco. Cuando la sangre llenó el cuenco, lo sostuvo sobre su cabeza.

"Señor Grillon, acepta la ofrenda de la sangre de este ternero y da fertilidad a todas nuestras bestias para que prosperemos en el próximo año".

Bebió un poco de la sangre y volvió a colocar el cuenco sobre el altar, con el cadáver del ternero.

Levantó las manos. "Toda alabanza al Señor Grillon".

La congregación respondió: "Toda la gloria al Señor Grillon".

Finalmente, dijo: "Todo el honor al Señor Grillon".

Bendijo a los granjeros y cazadores que habían venido con los animales, y pidió la bendición de Grillon para toda la gente de Bluehaven y sus granjas vecinas.

Después, dijo a la gente reunida: "He estudiado las lunas y los almanaques para este día, y los presagios son buenos. Esta noche, la primera del Año Nuevo, la luna plateada, Lyndor, está creciente, y Ulin puede verse como un globo dorado, casi lleno. Es un buen presagio, con ambas lunas crecientes. Las cosechas serán excepcionales".

Tras más alabanzas y oraciones, la congregación abandonó el círculo. Todavía faltaba hora y media para el amanecer de este primer día de Grildar, por lo que la gente tenía tiempo que pasar antes de la fiesta.

Cuando Asfodel y Shimilla regresaron al templo de Sylissa, el sol ascendía en el cielo. Entraron en su habitación.

"Esta noche no tenemos que ponernos la túnica". Shimilla se hundió en la cama. "Como no estamos oficialmente de servicio, podemos ponernos lo que queramos. ¿Qué tienes tú?"

Asfodel frunció el ceño. No había pensado en su vestuario mientras vivía en el templo. ¿Qué tenía que pudiera ponerse? ¿Tenía algo adecuado para un banquete?

Recordó el vestido que había comprado en Frelli. El vestido que Vass había intentado impedir que se pusiera. Abrió el arcón a los pies de la cama y lo sacó, sacudiéndolo para deshacerse de algunas arrugas.

"Saldrán si lo cuelgas", dijo Shimilla. "Es un vestido precioso".

Asfodel encontró una percha y colgó el vestido en una barra de colgar que rodeaba la habitación. "Ojalá aún tuviera mis joyas, pero Vass las vendió todas. Todo menos el anillo de mi abuela". Sonrió con pesar. "Se le cayó cuando robó las otras cosas".

Por la tarde, después de pasar un rato bañándose en la casa de baños con las otras novicias, las chicas volvieron a su habitación para vestirse.

Shimilla se recogió el pelo rubio en un moño en lo alto de la cabeza, pero Asfodel decidió dejar el suyo suelto. Se lo cepilló hasta que brilló, y luego se puso el vestido.

Era de líneas sencillas, ceñido para realzar su pequeña cintura. El escote corazón mostraba un pequeño escote, y las mangas largas terminaban en punta sobre sus manos. El amarillo dorado era especialmente favorecedor con su pelo negro, y sus ojos brillaban.

El vestido rosa empolvado de Shimilla tenía un escote alto. La falda tenía pliegues y también era de manga larga. Con el pelo recogido en un moño, el largo y elegante cuello de Shimilla lucía precioso con las perlas que lo rodeaban.

"¿Quieres que te preste esto?" Shimilla levantó un collar: una cadena de oro de la que colgaba una lágrima de azabache. "Iría bien con tu vestido. Tengo pendientes a juego, si quieres".

Asfodel frunció el ceño cuando su amiga le tendió las joyas.

"¿Y si le pasa algo mientras lo llevo puesto?".

"¿Como qué? Lo peor que podría pasar es que alguien la robara, y eso no es muy probable". Shimilla se rio. "Me imagino que es difícil quitarle a alguien un collar y unos pendientes sin que se dé cuenta".

Asfodel cedió, y Shimilla le colgó el colgante del cuello. Y con las gotas de azabache goteando de las orejas de Asfodel, Shimilla la declaró terminada.

"El azabache resalta tu pelo negro. Estás preciosa".

Asfodel se sonrojó.

Llamaron a la puerta. Shimilla la abrió para recibir a Tonlo.

El joven silbó. "Las dos estáis magníficas. Recibiréis la admiración de todos los hombres y seréis las destinatarias de los celos de todas las mujeres".

Las chicas rieron y se tomaron del brazo cada una cuando él se ofreció a acompañarlas al banquete.

Tonlo vestía la ropa de su país. Llevaba unos pantalones blancos abrochados en el tobillo y una túnica suelta y colorida que resaltaba su piel oscura.

"Brivid irá con Ril". Sonrió. "Desde que ella aceptó su oferta de matrimonio, él no ha podido hablar de otra cosa.

Supongo que se irán juntos al bosque". Guiñó un ojo. "Todo el mundo sabe lo que pasa en la Noche de Grillon".

Todo el mundo de Vimar celebraba el Día de Grillon, el primer día de la primavera, con fiestas y bailes. Al terminar el frío del invierno, la gente esperaba con impaciencia la llegada del verano.

En la Noche de Grillon, tras el baile, muchas parejas se retiraban al bosque para mantener relaciones sexuales. Esto era aceptable en esta única noche, incluso si alguien iba con una persona que no era su pareja habitual. Los niños concebidos esa noche se consideraban hijos de Grillon y no sufrían el estigma de la ilegitimidad.

Asfodel, Shimilla y Tonlo pasearon por una calle estrecha hasta la plaza del Mercado. El aroma de la carne cocinándose les llegaba a la nariz a medida que se acercaban a la zona abierta. Los animales traídos para el sacrificio esa mañana habían sido sacrificados y ahora se estaban asando en varios lugares de la plaza.

Tonlo olfateó el aire. "Huele bien. Me muero de hambre".

Asfodel se rio. "Vamos, pues. Vamos a buscar qué hay para comer".

Echó a correr, seguida de sus amigos.

Las carcasas más grandes giraban en los asadores. Pasaron junto a un jabalí, luego un ternero. En el otro extremo de la plaza había dos barbacoas con animales más pequeños asándose: gallinas, conejos, cobayas, palomas y pequeños trozos de animales que no cabían en el asador.

Los panaderos habían estado horneando todo el día, y el olor a pan recién hecho hizo que a Asfodel se le hiciera la boca agua. El penetrante olor de las cebollas cocinadas aumentó su apetito.

Las mesas cubrían el resto de la plaza, y Asfodel saltó hacia una de ellas.

"Vamos, ustedes dos. Aquí hay una mesa vacía. La guardaré mientras consiguen comida". Se sentó en una silla.

Mientras Tonlo y Shimilla se dirigían hacia donde el jabalí que habían pasado antes giraba en un asador, Asfodel observó a la multitud. La gente abarrotaba la plaza, todos vestidos con sus mejores galas. Las mujeres llevaban vestidos que barrían el suelo. Los vestidos normales no solían llegar por debajo de los tobillos, ya que serían demasiado ceñidos para todos los días, pero en ocasiones especiales, estaba de moda llevar vestidos más largos.

Los hombres llevaban bombachos y túnicas de colores. Algunos llevaban capa. La plaza era un caleidoscopio de colores. Abundaban los rojos y amarillos, azules y rosas, tanto en los hombres como en las mujeres. Algunas mujeres llevaban plumas u otros adornos en el pelo. Algunos vestidos eran escotados, otros tenían escotes altos, pero todos eran de manga larga. Al fin y al cabo, sólo era el primer día de primavera y era probable que refrescara más tarde.

En los pueblos, la gente preparaba el banquete en largas mesas, y se servían platos variados. En las grandes ciudades como Bluehaven, esto no era posible con tanta gente. Esta forma de hacerlo era la única.

La gente abarrotaba la plaza. Asfodel miró hacia el centro, donde vio a Ril y Brivid. Levantó la mano para llamar su atención.

"¿Hay sitio para dos más?" preguntó Brivid.

Antes de que pudiera responder, otra voz dijo: "Que sean cuatro más".

Hayen sonreía de pie, de la mano de Micros, el joven que había acompañado a Asfodel a su habitación en las dependencias de los sanadores laicos.

Asfodel sonrió. Después de todo, había acertado al decir que se caían bien.

"Sí, hay sitio de sobra", respondió. "Es una mesa grande".

Hayen miró a su alrededor. "¿Dónde están los otros dos?"

"Han ido a por comida".

Tonlo y Shimilla regresaron, y los demás fueron a por su selección de carnes.

Las tabernas llevaban semanas preparando cerveza e hidromiel en las mesas de la plaza, así que los jóvenes también se sirvieron bebidas. A diferencia de la carne, las bebidas había que pagarlas. Brivid insistió en pagarlas y no aceptó un no por respuesta.

"Es una celebración". Extendió la mano y cogió la de Ril. "Ril ha aceptado comprometerse conmigo. Aún no le he comprado el anillo, porque aceptó hace sólo unos días. Pero mañana buscaremos uno".

"Después de ver a mis padres". Ril miró a Brivid.

La cara de Brivid se desencajó. "Espero que me aprueben".

"Lo aprueben o no, me caso contigo".

"Lo sé. Es sólo que será incómodo si no les gusto".

Asfodel le puso la mano en el brazo. "Les gustarás, Brivid. No tienes por qué preocuparte".

Después de sentarse a la mesa con la comida, un bardo se paró en el centro de la plaza. Todos los años, en el Día de Grillon, por toda la tierra, los bardos relataban la historia de Grillon y Parador.

En cuanto el bardo hizo sonar una campanilla, se hizo el silencio en la plaza. Todos dejaron de hablar cuando el bardo volvió a tocar la campana y comenzó su relato.

"Un día, el Señor de la Naturaleza caminaba solo,
Cuando junto a un estanque escondido se mostró un
    espectáculo encantador.
Pues bañándose a la luz de la luna, donde nadie debía
    estar,
había una hermosa doncella, la más hermosa que
    jamás había visto.
Lord Grillon perdió su corazón por ella, esta doncella
    tan hermosa.

Juró que sería suya.
Compartiría su vida con ella.
Se mostró inmediatamente ante ella,
y se adelantó.
Ella dijo: "¿Y quién es usted, buen señor?
¿No deberíais estar durmiendo?
'Oh, encantadora doncella, mi amor, mi vida.
No volveré a descansar
a menos que vengas a ser mi esposa.
Mi corazón sentirá tanto dolor.
Y así la bella Parador se casó con Grillon.
Ella acordó dormir siempre en su cama
Y que los demás nunca le hicieran caso.
Pero ahora el mal convertirá en polvo
Ese amor y esa dicha.
Porque Barnat la deseaba,
...y juró que sería suya.
Envenenó la mente de Grillon y dijo que ella era falsa.
Que ella había estado en su cama.
Y en otras también.
Lord Grillon, estaba realmente triste
Que ella lo tratara así.
Pensó que se volvería completamente loco,
Tan lejos de ella se iría.
Ahora Parador no había hecho nada malo
para merecer este destino.
Ella ya no podía ser fuerte
Bajo el odio de Lord Grillon.
Así que lloró, y todo el mundo
se unió a ella en su dolor.
Todas las cosas verdes murieron, y las criaturas se
    enroscaron...
Todas a salvo en su madriguera.

Pero a su debido tiempo, Lord Grillon descubrió

Lo falso que era el dios de la guerra.
Vino a ella, y reclamó
El amor de su esposa una vez más.
Así que una vez más, la tierra creció verde.
Y la primavera llegó de nuevo.
Y el calor del verano y la vida serena
Mientras ella olvidaba su dolor.
Y así cada año, la tierra recuerda
El amor de Parador.
Y llega el otoño, y las brasas del invierno,
Hasta que la primavera vuelve una vez más.

El bardo volvió a hacer sonar su campana y la gente empezó a charlar mientras él iba recogiendo dinero, agitando un cubo al pasar por cada mesa.

Asfodel y sus amigas echaron cada una unas monedas cuando el bardo se paseó cerca de ellas.

"Ha sido una interpretación espléndida", dijo Tonlo. "Ese bardo tiene una voz fuerte y clara".

Hayen estuvo de acuerdo, luego se levantó y tiró de Micros para que se pusiera en pie, señalando al otro lado de la plaza.

"Vamos a por algunos de esos pasteles que huelo hornearse por allí".

Los dos se movieron entre la gente, que había empezado a moverse de nuevo.

Asfodel los observó cruzar la plaza. *Espero que les vaya bien, como les está yendo bien a Brivid y a Ril.*

Sonó otra campana, y Hayen y Micros apenas consiguieron volver cuando la plaza se despejó una vez más y seis acróbatas entraron en escena. Daban volteretas, saltaban, daban volteretas y hacían saltos de manos. Una mujer se subió a los hombros de un hombre y saltó a un balancín. En el otro extremo, un hombre se catapultó en el aire para aterrizar sobre los hombros de otro de sus compañeros. Todos aplaudieron, disfrutando del espectáculo.

Luego llegó el turno de una mujer montada en un caballo blanco puro. El caballo hizo una pirueta, se encabritó y saltó. La mujer lo empujó al galope y, mientras daba vueltas a la plaza, ella saltó al suelo y volvió a subirse a su lomo, para terminar de pie sobre el animal al galope, con los brazos levantados por encima de la cabeza.

El espectáculo continúa. Músicos, magos, más acróbatas. Dos payasos hicieron reír a la compañía. Tropezaron con obstáculos inexistentes y cayeron al suelo. Un hombre entra en la plaza y se acerca a los payasos. Les hace un gesto con el dedo y señala una de las salidas. Los payasos fruncen el ceño y niegan con la cabeza mientras el hombre da un pisotón. Uno de los payasos corre hacia el borde de la plaza y vuelve con un cubo. Señaló al hombre y a un lado. El hombre sacudió el puño. El payaso sacude el suyo y arroja el contenido del cubo sobre el hombre. El agua goteó del pelo y la ropa del hombre. La gente grita de risa mientras los tres se inclinan ante el público.

Un mago lanzó luces de colores y sacó monedas de las orejas, los ojos y el pelo de la gente. Conjuró una gran rosa de la nada y la lanzó al aire. Desaparece en un destello de luz azul y vuelve a aparecer en la mesa del alcalde.

Después de cada artista, todos arrojaron monedas a los cubos que pasaban de mano en mano.

"Espero que no haya mucho más". Shimilla miró en su monedero y lo agitó. "Casi no me queda dinero".

Pero ahí se acabaron los artistas. Al oscurecer, un farolero encendió velas en todas las mesas y una pequeña orquesta tocó una alegre melodía.

"¿Me concede este baile?" Tonlo se inclinó ante Asfodel.

Ella se levantó y él la introdujo en la multitud que bailaba toda la noche. Volvió a bailar con Tonlo, luego con Brivid y Micros. Un extraño le preguntó, y luego otro. Dos de los sacerdotes del templo se acercaron y bailaron con ella, así como uno del templo de Kassilla, la diosa principal.

Cuando la orquesta tocó su última pieza, Asfodel se sentía agotada. Miró a su alrededor. La multitud había disminuido. Ril y Brivid habían desaparecido, y vio que Hayen y Micros abandonaban la plaza, cogidos de la mano, en dirección al parque.

Asfodel esbozó una débil sonrisa. Si las cosas hubieran ido de otra manera, Vass y ella podrían haberse escapado para hacer el amor bajo los árboles.

Se estremeció. No hacía falta pensar en eso. No estaba previsto. La propia Sylissa se lo había insinuado.

Se volvió para hablar con Shimilla, sólo para descubrir que la chica, y también Tonlo, habían desaparecido. ¿Habían ido a usar la Noche de Grillon como se esperaba? ¿O habían vuelto al templo sin ella?

Deambuló por la plaza en dirección al templo. Al entrar en una calle estrecha, oyó un grito. Se giró y vio a una niña de unos siete años, sentada en el suelo, llorando.

Asfodel se inclinó hacia la niña. "¿Qué te pasa? ¿Te has perdido?

La niña negó con la cabeza. "Ya vienen mamá y papá. He corrido y me he resbalado". Resopló mientras más lágrimas caían por sus mejillas. "Me duele mucho la pierna".

Asfodel miró la pierna de la niña. No tenía buen aspecto.

"Puedo ayudarte con el dolor". Cerró los ojos, puso una mano en el corazón de la niña y la otra en su pierna.

Abriéndose a los poderes curativos de Sylissa, sintió que la fuerza salía de ella y entraba en la pierna de la niña.

"¿Qué le estás haciendo a mi hija?".

El grito inquietó a Asfodel, que levantó la vista.

"Creo que tu hija se ha roto una pierna. Se ha resbalado. Soy del templo de Sylissa e intento detener el dolor".

El hombre se arrodilló junto a su hija. "Cariño, ¿es verdad? ¿Te has resbalado?"

La niña resopló. "Sí, papá. Pero esta amable señorita ha hecho que se me pase el dolor".

La madre de la niña puso la mano en el brazo de su marido. "Creo que esta joven sacerdotisa ha ayudado a Molinda". Se volvió hacia Asfodel. "Gracias por ayudarla. Ahora debemos llevarla a casa".

"No", dijo Asfodel. "Debe ir al templo, donde puede recibir más cuidados de los que yo puedo darle. Sólo he parado el dolor".

El hombre se puso en pie, levantando a Molinda, que gritó cuando los huesos rozaron entre sí.

"No, papá. Llévame al templo, por favor. Me duele otra vez".

Asfodel volvió a poner la mano sobre la niña y rezó para que siguiera curándose. Sintió que los huesos se movían bajo su mano. El niño gimió, pero no gritó tanto como Asfodel habría esperado al realinearse los huesos.

Asfodel se tambaleó y estuvo a punto de caerse. La madre de Molinda la cogió del brazo. "Has hecho mucho por ayudar a nuestra hija. Debes de estar agotada después de todo el baile y luego la curación". Se volvió hacia su marido. "Llevemos a Molinda al templo y ayudemos también a esta sacerdotisa. Se lo debemos".

Asfodel llegó al templo y fue directa a su habitación, donde cayó inmediatamente en un profundo sueño. No oyó a Shimilla entrar sigilosamente justo antes del amanecer.

A la mañana siguiente, la maestra de novicias la llamó.

Asfodel frunció el ceño. *¿Por qué querría verme la hermana Mony?*

Caminó la corta distancia que la separaba del despacho de la Hermana y sintió escalofríos. Aunque era primavera, seguía haciendo frío.

La puerta del despacho de la Hermana estaba abierta, a pesar del frío, y cuando Asfodel se acercó, la Hermana levantó la vista y le hizo señas para que entrara.

"Bien, novicia Asfodel, ha llegado a mis oídos que te has estado haciendo pasar por una sacerdotisa completa".

Asfodel frunció el ceño. *¿De qué está hablando la hermana Mony?*

La mujer se levantó y salió de detrás de su escritorio.

"Cierra la puerta. No quiero que se entere todo el mundo. Habrá que informar a la madre Caldo, por supuesto".

"Lo siento, hermana, pero no sé de qué me está hablando". Asfodel mantuvo los ojos bajos.

"Ayer por la tarde, cuando regresaba al templo, tengo entendido que curó a una niña pequeña que se había caído y se había roto una pierna". La hermana Mony se paró frente a Asfodel, con el ceño fruncido y los labios apretados. "¿Es eso cierto?"

Asfodel volvió a fruncir el ceño. "Usé parte de mi fuerza para ayudar a aliviar el dolor de la niña, sí".

"¿No sabes que está prohibido que una novicia realice curaciones sin la presencia de un sacerdote?".

"S-sí, Hermana. Pero no fue una curación. En realidad, no. Sólo quería detener el dolor del niño".

La hermana Mony negó con la cabeza. "Lo comprendo, pero sigue siendo contrario a las normas. Están ahí para proteger al público de las novicias incompetentes". Levantó la mano cuando Asfodel abrió la boca para hablar. "Sé que no eres incompetente, pero las normas son las normas y debemos obedecerlas".

Asfodel sintió que los músculos de su estómago se tensaban. "¿Entonces debería haber dejado a la niña sufriendo?".

La hermana Mony asintió. "Deberías haber dicho a los padres de la niña que la llevaran directamente a la enfermería, no intentar curarla por tu cuenta".

"Pero hermana, yo no intenté curarla".

La hermana Mony enarcó las cejas. "¿En serio? Entonces,

¿cómo explica que los huesos de su pierna estuvieran realineados y hubieran empezado a curarse?".

Asfodel se hundió. No podía explicarlo. Había sentido que los huesos se realineaban, y se había sorprendido, pero ¿empezaban a curarse? ¿Cómo podía ser?

"No tengo explicación, hermana. Sentí que los huesos se movían mientras rezaba pidiendo ayuda para aliviar el dolor, pero no tengo ni idea de cómo".

La hermana Mony volvió a su silla y se sentó. "Creo que actuaste de la manera que creíste mejor, pero estuvo mal. No te castigaré, pero no tengo ni idea de lo que hará la Madre Caldo".

"¿Necesita saberlo la Gran Madre?".

La hermana Mony asintió. "Una violación de las reglas como esta debe serle notificada. Ya puedes volver a tus clases".

Asfodel se marchó preguntándose cuándo tendría noticias de la Gran Madre. Sólo la mitad de su atención estaba en sus lecciones esa mañana, y Brivid lo notó.

"¿Qué pasa?", le preguntó, mientras se iban a comer.

"Estoy esperando que me convoquen a la Gran Madre. Anoche curé a una niña que se había roto una pierna. Parece que fue un error por mi parte hacerlo".

Shimilla se acercó. "Conoces las reglas, Asfodel. No debemos curar a menos que haya un sacerdote presente".

"Tú tampoco, Shimilla. No intentaba curarla, sólo aliviar un poco el dolor. Estaba llorando mucho".

Las cuatro novicias no dijeron nada más al respecto, y Asfodel esperó ansiosa la citación.

Tres días después llegó, y Asfodel se plantó ante el despacho de la madre Caldo. Levantó la mano para llamar y la dejó caer.

Tengo que afrontarlo.

Volvió a levantar la mano y esta vez llamó a la puerta.

"Ven", llamó la Madre Caldo.

La Gran Madre miró a Asfodel por encima de las gafas.

"Bueno, Asfolesaria, otra vez te has metido en un lío. ¿Qué tienes que decir en tu defensa?"

Asfodel se arrodilló ante su superiora. "Sólo quería ayudar a una niña que sufría. ¿Debí dejarla sufrir? La pobre niña lloraba tanto que casi me rompe el corazón".

"He pasado por alto algunas de tus escapadas, Asfolesaria. Tienes un gran potencial y podrías ascender. Algún día llegarás a ser una Gran Madre". La Madre Caldo suspiró. "Pero te falta disciplina. A veces crees que sabes más que tus superiores y no respetas las reglas. Esta tarde rezarás en el templo, desde el atardecer. Quédate allí hasta que amanezca, y pide a Sylissa que te dé humildad. Puedes retirarte".

Asfodel se levantó y salió del despacho de la Gran Madre. *¿Cómo voy a hacer mi trabajo de día si tengo que quedarme despierta toda la noche? No es justo. Me castigan por hacer algo bueno.*

Fue a rezar, con la esperanza de que Sylissa volviera a acudir a ella, como había hecho antes.

Pero la gran estatua de mármol seguía siendo piedra fría.

CAPÍTULO DIECIOCHO

La nieve cubría el suelo. Cubría las ramas de los árboles del jardín y ocultaba los brotes de las flores primaverales que empezaban a asomar por la dura tierra. No era habitual que nevara en el sur de Grosmer, pero nunca a estas alturas del año. Había pasado el equinoccio de primavera.

Asfodel y Shimilla se envolvían en capas y se dirigían cada día a la enfermería del templo. Con este tiempo intempestivo, los sacerdotes tiritaban al pasar de la enfermería a sus aposentos. Corrían por los jardines, como animados manojos de bufandas, guantes y capas, corriendo hacia sus destinos.

Un día, la Gran Madre convocó a todos los sacerdotes al templo. Estaba de pie en el púlpito, acurrucada en una capa y una bufanda.

"La reunión anual de los Altísimos de todas las sectas se celebró recientemente en Asperilla, en la Isla Sagrada. Tuvieron largas discusiones sobre por qué hay enfermedad y sufrimiento en el mundo".

Miró por encima de sus gafas a los clérigos sentados, respiró hondo y echó un vistazo al papel que tenía delante, como para asegurarse de que iba a decir lo correcto. "Decidieron que todas las enfermedades, y otros problemas que nos rodean, son castigos enviados por los dioses por el mal que hacemos".

Miró una vez más el papel que tenía delante, se subió las gafas a la nariz, dudó un momento, frunció ligeramente el ceño y continuó. "El consenso fue que deberíamos intentar eliminar el mal del mundo".

Un murmullo de asentimiento recorrió a los sacerdotes reunidos.

La Madre Caldo levantó una mano para pedir silencio. "La mejor forma de hacerlo, decidieron los Altísimos, es negar ayuda a quienes perpetran el mal. Decidieron no perseguirlos activamente, pues eso nos haría tan malos como ellos".

Volvió a hacer una pausa, y un atisbo de ceño fruncido cruzó su rostro.

"El Altísimo de Sylissa, por lo tanto, ha decretado que no daremos ayuda, ni curación, a tales personas. Al ser la ciudad más cercana a la Isla Santa, este mensaje nos ha llegado primero. Nos corresponde avanzar todo lo que podamos, lo antes posible". De nuevo hizo una pausa, con el ceño ligeramente fruncido. "Tal vez al negarles ayuda, los malvados vean el error de sus actos y vuelvan al camino recto".

Barajó sus papeles y abandonó el púlpito.

Asfodel, asombrada, siguió a sus compañeras novicias fuera del templo, sumida en sus pensamientos. *Esto no puede estar bien. ¿Se supone que debemos curar a todo el que venga, independientemente de lo que haya hecho? Al menos, eso es lo que tenía entendido que prometía cuando hice mis votos. Frunció el ceño. ¿Y qué hay de los dioses que no son tan buenos? Vamgrillon, dios de los ladrones. Allandrina, diosa del engaño. Algunos podrían llamar malvado a Barnat, con su mandato de guerra.*

Sacudió la cabeza mientras escuchaba hablar a sus amigos.

Shimilla dijo: "No me gusta la idea de negar ayuda. ¿No se supone que estamos aquí para todos?".

Tonlo frunció las cejas. "Tal vez se piense que esa gente

malvada tendrá miedo si no puede obtener curación u otras bendiciones de los templos. Entonces podrían convencerse de abandonar sus malas costumbres".

Pasó un grupo de sacerdotes mayores. Un rector dijo: "Tenemos que obedecer al Altísimo. Debes admitir que es una forma de eliminar el mal".

"¿No se supone que debe haber un equilibrio entre el bien y el mal?", replicó un vicario. "Si eliminamos todo el mal, entonces habremos perdido el equilibrio. El mundo funciona así".

Desaparecieron, dejando a Asfodel pensativa. Seguramente esto les haría tan malos como aquellos a los que intentaban eliminar o reformar. ¿Cómo llegaron los Altísimos a esa conclusión? ¿Les hablaron los dioses y les dijeron que eso era lo que debían hacer?

Asfodel apenas podía creerlo. Sin duda, los dioses, como Vamgrillon y Allandrina, adorados por ladrones y estafadores, no estarían de acuerdo.

Sus amigos estaban indecisos, pero al final acataron las nuevas normas.

"No tenemos elección, ¿verdad?". dijo Shimilla, cuando las chicas entraron en su habitación.

Unos días después, Asfodel salió del templo para llevar algo de comida a una familia no muy lejos del templo. La nieve había empezado a descongelarse y, en lugar de crujir, rechinaba bajo sus pies. Atravesó la plaza del Mercado y entró en un estrecho callejón, arrugando la nariz contra el olor.

Tres puertas más adelante, se detuvo y llamó a la puerta. La familia era pobre y los niños solían pasar hambre. Llevaba semanas llevándoles comida para evitar que murieran de hambre. El padre, Yelver, no tenía trabajo y a menudo se encontraba mal, por lo que no podía trabajar. Eso cuando había trabajo disponible. De vez en cuando robaba para alimentar a su pequeña familia.

La puerta se abrió una rendija y apareció un ojo. "Ah, es usted, hermana". La mujer de Yelver sonrió mientras se apartaba para dejar espacio a Asfodel para entrar.

Asfodel echó un vistazo a la habitación individual en la que vivían Yelver, su mujer y sus cuatro hijos. Estaba tan ordenada como era posible mantener una habitación con seis personas viviendo en ella.

Bajo la ventana había una mesa con los restos de una barra de pan. Había un lavabo en el suelo y un montón de sábanas y colchones apoyados en la pared del fondo. Yelver estaba sentado en una silla raída ante el escaso fuego. Estaba envuelto en una chaqueta igualmente raída.

La tos provenía del fondo de la habitación, donde Asfodel vio un colchón en el suelo, cubierto con mantas y capas.

La mujer de Yelver se percató de su mirada. "Es Bromlin, nuestro hijo menor. Empezó a toser hace una semana. He hecho lo que he podido con zumo de cebolla, pero no parece funcionar".

Asfodel se arrodilló junto al colchón y miró al niño. Necesitaba curación. Quizá pudiera convencer a Yelver de que lo llevara a la enfermería. Entonces recordó. No iban a tratar a la gente como Yelver, y eso se extendía a su familia.

Asfodel se sentó sobre sus talones, con la cabeza hecha un revoltijo de pensamientos. Estaba desobedeciendo órdenes incluso viniendo aquí.

Al volver a mirar al niño, sus pensamientos se aclararon. *Si no hago algo, Bromlin puede morir. No puedo dejar que eso suceda. Es inocente de cualquier cosa que su padre pudiera haber hecho.*

Respirando hondo, Asfodel hizo lo que pudo para curar al niño, a pesar de su castigo anterior, pero su fuerza no era suficiente para sanarlo por completo. Eso la cansó.

Llegó de vuelta al templo, exhausta. Un mechón de pelo se había escapado de su trenza y su rostro estaba pálido.

Un rector pasaba cuando ella entró. "Pareces cansada, novicia Asfodel. ¿Dónde has estado?"

Asfodel le dijo que había estado visitando a una familia pobre, y les había dado comida.

"Muy loable, novicia. La caridad es muy importante. ¿A qué familia?"

"La familia de Yelver, Rector". Asfodel inclinó la cabeza, como se esperaba de una novicia ante un rector.

El rector frunció el ceño. "¿No es un ladrón? ¿Uno de los malvados que nos han dicho que no tratemos?".

"Rector, puede que haya robado de vez en cuando, pero lo ha hecho porque sus hijos se mueren de hambre. No es un hombre malvado".

La rectora enarcó las cejas. "Un ladrón es un ladrón. ¿Por qué no consigue un trabajo para alimentar a sus hijos? No, no contestes". Levantó la mano cuando Asfodel iba a hablar. "No hace falta que digas nada. Debo recordarte que no vuelvas a visitar a esta familia. No debes tener nada que ver con ellos. ¿Entendido?"

"Pero..."

"He dicho, ¿entendido? ¿He sido claro?" El rector frunció el ceño.

"Sí, rector. Bastante claro".

El rector se marchó y Asfodel regresó a su habitación.

"A Yelver le encantaría trabajar -murmuró, con los labios apretados y las manos apretadas a los lados mientras avanzaba por el pasillo-, pero a menudo se encuentra mal y no puede trabajar. Cómo es posible que los sacerdotes de Sylissa tengan tan poca compasión".

Una semana más tarde, el día que Asfodel solía ir a visitar a la familia de Yelver, recogió monedas de la caja de limosnas y comida de la cocina. Con su cesta de comida y su bolsa de dinero, emprendió su obra de caridad.

Llevaba toda la semana reflexionando. No creía que Sylissa quisiera ignorar a nadie, y sus votos así lo decían, así que después de visitar a las familias de su lista, llevó la comida restante a casa de Yelver.

El niño estaba sentado. Su tos había disminuido, aunque su respiración sonaba como un traqueteo en el pecho. Logró sonreír cuando Asfodel se acercó.

"Tienes mejor aspecto, Bromlin", le dijo, y fue recompensada con una inclinación de cabeza.

"Creo que se me está pasando la tos, hermana".

Asfodel le hizo otro ritual de curación, y le dijo a la esposa de Yelver que se asegurara de que tuviera comida extra. Entre los agradecimientos de la familia, se marchó.

Así continuó durante varias semanas. El hijo de Yelver mejoró y la familia se lo agradeció tanto que Yelver fue al templo a dar las gracias y a dar algo de dinero que había ahorrado.

El rector, que había visto a Asfodel unas semanas antes, se fijó en su donativo.

Llamó a la muchacha. "¿Has visitado a Yelver después de que te prohibiera volver allí?".

Asfodel se miró los pies. "Sí, rector".

"¿Por qué?"

"Su familia se moría de hambre. Sus hijos estaban en peligro de muerte. Fui por simple compasión. Los niños son inocentes. ¿Por qué deberían ser sacrificados?"

"Venga conmigo." El rector la llevó a ver a la Gran Madre.

En el despacho de la Gran Madre, Asfodel se arrodilló. Estaba aprensiva, pero no asustada. Lo que hizo fue lo correcto. Ningún inocente debería sufrir.

Su razonamiento no impresionó a la Madre Caldo.

"Hemos recibido una orden del Altísimo. El líder de

nuestra secta nos ha dado instrucciones específicas. Sin embargo, tú, una simple novicia, pareces creer que sabes más".

Asfodel no dijo nada. Se suponía que los novicios no debían hablar en presencia de una Gran Madre o un Gran Padre a menos que se lo ordenaran.

Respiró hondo. La Gran Madre se paseó por el suelo y luego se detuvo.

"Te has mostrado obstinada en varias ocasiones, jovencita. Pareces creer que sabes más que tus mayores. Creo que la disciplina aquí es tal vez demasiado relajada. Mi amigo, el Gran Padre de Hambara, dirige un régimen más estricto. Tal vez él pueda hacerte ver la importancia de la obediencia. Le escribiré una carta pidiéndole que te lleve, y podrás llevarla allí".

Asfodel cerró los ojos. La madre Caldo la estaba enviando lejos. Su círculo de amigos se había convertido en su familia desde que huyó de casa para estar con Vass. No conocía a nadie más en Grosmer, y Hambara estaba muy lejos.

Las lágrimas que se negaba a dejar caer le punzaban los ojos. En el fondo de su corazón sabía que todo aquello estaba mal. Los sacerdotes de Sylissa no debían negar ayuda a nadie. Tal vez debería dejar el sacerdocio y encontrar la forma de ayudar a los demás de otra manera.

Recordó la voz de Sylissa. Le pareció que la diosa repetía sus palabras.

"Hija mía, no tengas dudas. Te quiero en las filas de mi sacerdote".

Los pensamientos de marcharse se evaporaron, y el susurro volvió.

"Quiero que vayas a Hambara".

La Madre Caldo se sentó en su escritorio y cogió una pluma. La mojó en la tinta y comenzó a escribir.

Levantó la vista. "Creo que estás casi lista para ser promovida de novicia a curadora. Pondré esto en la carta y podrás examinarte en Hambara. Tengo entendido que mañana sale una caravana. La tomarás".

~

A la mañana siguiente, Asfodel recogió sus escasas pertenencias, se vistió con su mejor túnica blanca y partió hacia el estacionamiento de caravanas

Sus amigos la acompañaron. Tonlo llevaba su mochila, temblando de frío. Shimilla lloraba. Ril y Brivid caminaban a cada lado de Asfodel, mientras Hayen consolaba a Shimilla.

Ril rodeó a Asfodel con el brazo y la abrazó. "Espero que aún vengas a nuestra boda".

Asfodel esbozó una sonrisa acuosa. "Claro que vendré. Aunque tenga que irme sin permiso".

Brivid se rio. "Eso sería propio de ti. Harías lo que crees correcto, a pesar de todo". La abrazó a su vez. "Esa es tu fuerza. No lo olvides".

Asfodel le miró. "Todos deberíamos hacer lo correcto. Aunque eso signifique meternos en problemas".

Llegaron demasiado pronto al estacionamiento de caravanas. La gente se agolpaba en la plaza, buscando la caravana que querían. Cada jefe de caravana llevaba un cartel en el que decía adónde iban.

Shimilla miró a su alrededor. "Hay una que va a Cuantisarilishon. ¿No te tienta volver a casa, ahora que te has reconciliado con tus padres?".

Asfodel negó con la cabeza. "Necesito aprender más sobre la curación. Quizá vuelva algún día, cuando tenga un rango más alto". Señaló al otro lado de la plaza. "Mira, ahí está la caravana a Hambara. Será mejor que me vaya".

Abrazó a sus amigos, con lágrimas en los ojos. Quién sabe cuándo los volvería a ver.

¿Cómo será el templo en Hambara? La Madre Caldo dijo que es más estricto que aquí. ¡No me lo puedo imaginar!

Miró los seis carromatos cubiertos que formaban la caravana hacia Hambara. Varias personas ya estaban allí, esperando. Vio a un enano vestido con una armadura de cuero, subiendo los escalones de una de las caravanas, y a una pareja con dos niños pequeños. Sentados junto al conductor de la caravana que iba delante había dos magos, uno con túnica negra y el otro con una túnica de color rojo leonado. Otra familia corría hacia ellos, empujando a un adolescente y a una niña de unos once años. La mujer llevaba un bebé.

Asfodel se despidió de sus amigos y se dirigió hacia la caravana, mirando hacia atrás varias veces.

El líder la vio y sonrió. "Ah, tú debes de ser la elfa que me han dicho que espere. Vas al templo de Hambara, ¿verdad? Te sugiero que tomes asiento en el segundo vagón. Sólo hay otra persona allí. Una señora mayor. Es muy agradable. Creo que te caerá bien".

Asfodel le dio las gracias y se dirigió al segundo vagón. Nada más subir, el jefe de la caravana saltó al vagón principal junto a los dos magos, llamó a los demás conductores y se pusieron en marcha. Asfodel se colocó en la parte de atrás y saludó a sus amigos hasta que doblaron la esquina y ya no pudo verlos.

CAPÍTULO DIECINUEVE

La caravana serpenteaba por las calles que Asfodel había llegado a conocer bien en los años que llevaba viviendo en Bluehaven. Allí había hecho buenos amigos. ¿Encontraría amigos así en Hambara?

Asfodel se apartó de la entrada y se sentó en un banco que también hacía las veces de cama. Enfrente había una anciana que le sonrió.

"Veo que eres una novicia de Sylissa", dijo. "¿Vas a Hambara a visitar a unos parientes?".

Asfodel no sabía qué contestar, pero decidió que lo mejor era decir la verdad: "No. Me traslado al templo de allí".

La mujer mayor enarcó las cejas. "¿No es extraño? No sé mucho sobre las distintas sectas, pero creía que los novicios completaban su formación en un solo templo".

Asfodel negó con la cabeza. "Rompí algunas de sus reglas. No me parecieron buenas reglas". Se encogió de hombros. "La Gran Madre decidió que el Gran Padre de Hambara podría ocuparse mejor de mí".

"Oh, vaya. Espero que no te metas en líos en Hambara".

Asfodel esbozó una débil sonrisa. "Yo también. Pero si

siguen intentando obligarme a hacer cosas que van contra mi conciencia, me temo que volveré a tener problemas".

Los edificios de la ciudad fueron dejando paso a las tierras de cultivo. Atravesaron un par de pueblos rodeados de campos, y las granjas salpicaban el paisaje fuera de los pueblos.

Al atravesar una aldea, un grupo de niños sucios corrió a su lado. Una madre los reprendió por molestar a los viajeros.

Los perros ladraban al pasar junto a las granjas, y en una había gansos que graznaban. A Asfodel no le gustaban los gansos. Eran imprevisibles y podían dar un mordisco desagradable. Agradeció ir en carreta y no a pie.

Habían nacido los primeros corderos y las ovejas balaban a sus crías para decirles que se mantuvieran alejadas de los setos del camino y de los forasteros que pasaban.

La caravana aminoró la marcha en un pueblo y se detuvo frente a una posada. Los pasajeros bajaron a estirar las piernas y algunos entraron en la posada en busca de comida y bebida, pero Asfodel quiso quedarse fuera. El sol calentaba un poco y ella disfrutaba del aire fresco. Aunque había disfrutado de sus clases en el templo, no le gustaba estar en la ciudad. Aquí, en el campo, sentía que podía respirar de nuevo.

Sacó una manzana de su mochila y se sentó en un banco a comérsela.

Tras media hora de descanso, el jefe de la caravana volvió a llamar y todos volvieron a subir a sus carromatos para continuar el viaje.

Tras unas horas más de viaje, cada vez había menos granjas y aparecían más árboles. Empezaron a invadir el borde del camino y, antes de que pasara mucho más tiempo, estaban atravesando un bosque. Las ramas de los árboles se juntaban en lo alto, bloqueando la luz del sol de finales de invierno, y debajo crecían helechos y zarzas.

Asfodel sonrió. El bosque no le inspiraba ningún temor. Había crecido en una ciudad entre los árboles. Cerró los ojos y respiró profundamente los aromas de la madera mezclados con hongos.

Al anochecer, las carretas entraron en el vado que cruzaba el río Brundella. La primera carreta, conducida por el jefe de la caravana, entró en el agua. La caravana de Asfodel fue la siguiente. Se sentó en la parte de atrás, mirando por la abertura a los otros carromatos que venían detrás.

Aquí, el río era lo bastante poco profundo para que los carromatos lo cruzaran, pero era ancho. Vio cómo las ruedas de los vagones surcaban el agua hasta casi sobrepasar los ejes. La madera de los vagones gimió bajo la presión. ¿Era lo bastante fuerte para resistir las fuerzas? Los caballos hacían fuerza contra el agua y los arneses crujían al tirar. Aunque sabía que las caravanas cruzaban el río con regularidad, Asfodel contuvo la respiración cuando el agua se acercó al lecho de la carreta. ¿Conseguiría entrar en la carreta?

Cuando se acercaban a la orilla más lejana, Asfodel oyó un rugido y miró río arriba. Un muro de agua se precipitaba hacia ellos. Saltó e intentó llegar a la orilla más cercana, pero la fuerza de la corriente la arrastró.

"¿Voy a morir aquí? ¿Por qué? Sylissa, tengo tanto que hacer. No puedo morir todavía".

Una ola la impulsó hacia la orilla opuesta. El suelo le raspó las rodillas y se puso en pie con dificultad. Respiraba entrecortadamente. Se había tragado la mitad del río. La corriente intentó derribarla de nuevo, y lo consiguió dos veces, pero consiguió acercarse a la orilla.

Alguien le tendió la mano. "Agarra mi mano. Rápido".

Un fuerte brazo tiró de ella hacia la orilla y cayó al suelo tosiendo y expulsando el agua de sus pulmones. El corazón le latía con fuerza en el pecho y respiró aire fresco.

Se volvió hacia el río para ver si alguien más había escapado de la corriente. Sus ojos se encontraron con una escena de devastación. El río se precipitó arrastrando consigo al resto de la caravana.

Los gritos de personas y caballos aterrorizados llenaban el aire. Un asta había penetrado en el costado de un caballo, y el río se tiñó de rojo con su sangre mientras la criatura, presa del pánico, intentaba escapar de su arnés. Las cabezas aparecían y desaparecían para no volver a levantarse. Los niños llamaban a gritos a sus madres, las mujeres a sus maridos, todo ello con el rugido del agua como telón de fondo.

Asfodel se sentó impotente en el suelo, observando el remolino de agua.

Sacudió la cabeza. "No. No. Esa pobre gente. Y los niños". Las lágrimas se agolparon en sus ojos y resbalaron por sus mejillas. "Los pobres niños. No merecían morir antes de haber vivido".

Se volvió hacia su salvador y miró un par de ojos como nunca había visto, increíbles por la profundidad de su azul, casi como si hubieran sido pintados de un añil profundo por un cielo tormentoso de verano. Llevaba el pelo mojado recogido en coletas y chorros de agua corrían por los hombros de su túnica roja leonada, la túnica de un aprendiz de mago.

"Gracias por ayudarme. Creí que iba a morir".

El joven sacudió la cabeza y miró hacia el agua. "Sólo pude rescatarte a ti. Debería haber intentado rescatar a más. Para hacer expiación". Se volvió hacia el río y dio unos pasos hacia él. "Debo encontrarlo".

Su mirada se movía de un lado a otro mientras buscaba en las orillas. Se levantó retorciéndose las manos.

"Mi padre". Resopló, el pánico se apoderó de su voz. "Debo salvarle".

Asfodel le puso la mano en el brazo. "No hay nada que puedas hacer".

Se hundió en el suelo, con la cabeza entre las manos y los hombros temblorosos. Al cabo de un par de minutos, se levantó y empezó a buscar de nuevo en el río cualquier señal de su padre.

Algo negro estaba enredado entre los arbustos a este lado del río.

"Padre". El mago se adentró en el agua y consiguió arrastrar a un hombre mayor hasta la orilla.

Buscó entre los arbustos y sacó un bastón, con una mueca de dolor. Lo colocó junto al hombre que había rescatado y se miró la mano. Se la sacudió como si le doliera.

El mago cogió un palo y se inclinó sobre el río, colgándose de la rama de un árbol. Asfodel contuvo la respiración. Si la rama se rompía, caería al agua y sería arrastrado.

Con el palo, sacó algo de entre los juncos. Era una mochila.

Asfodel volvió a respirar cuando recuperó la orilla y colocó la mochila junto al hombre de negro.

"Eres una sanadora. ¿Puedes ayudarle?" El rostro del joven palideció y sus ojos buscaron la cara de Asfodel.

"Sólo soy una novata, pero haré lo que pueda".

Puso las manos sobre el mago vestido de negro, rezando a Sylissa para que la ayudara. El frío profundo del cuerpo del hombre se trasladó a sus manos. Un frío desesperado. El frío del agua helada se le había metido hasta los huesos.

Entonces sintió una herida en la cabeza y le pasó las manos por el cráneo. La sangre manaba de una herida y temió que se hubiera fracturado el cráneo. Aquello era más de lo que nunca había tenido que afrontar.

Se volvió hacia el joven. "Está gravemente herido. Es más, de lo que puedo curar. Necesita la atención de un sacerdote de un nivel muy superior al mío. Haré lo que pueda para detener la hemorragia y evitar que empeore, pero necesita calor. Necesitamos fuego. Si se queda frío, morirá de hipotermia".

El joven asintió. "Haz lo que puedas. Voy a por leña".

Corrió hacia el bosque que rodeaba el claro.

Asfodel rezó a Sylissa y se abrió al poder de la diosa. El poder fluyó hacia ella y de ella hacia el hombre que estaba en el suelo.

Se estremeció. Tenía la ropa empapada y, a medida que el sol se ponía, la noche se volvía más fría.

El joven mago regresó y encendió una hoguera. Vio cómo murmuraba unas palabras y surgía una pequeña llama en sus manos. Flotó hacia el fuego y empezó a devorar las ramitas. Pronto se encendió el fuego. Se acercó y pronto dejó de temblar.

"Soy Asfodel". Le tendió la mano.

El joven la cogió. "Carthinal. Carthinal Mabrylson". No apartó la mirada del hombre en el suelo. "Él es Mabryl. Es mi padre adoptivo y maestro".

Mientras estaban sentados alrededor del fuego, Asfodel se quedó mirando el río crecido. El Brundella fluía ahora con rapidez. No había rastro del vado que su caravana había cruzado cuando el deshielo hizo que el río se convirtiera en un torrente embravecido. No había posibilidad de volver a cruzar. No podían regresar a Bluehaven, sino que debían seguir solos hasta Hambara.

Normalmente, el Brundella era un río tranquilo, y el vado la forma más segura de cruzarlo en el camino de Bluehaven, en el sur, a Hambara, en el norte. Sin embargo, una vez al año, cuando las nieves se derretían en las Montañas de la Perdición, al este, se volvía intransitable, ya que las aguas del deshielo se precipitaban en su camino hacia el Mar Interior, creando aguas profundas con corrientes traicioneras. En los tiempos de las inundaciones, las caravanas tomaban la ruta mucho más larga hacia el oeste, por el puente cercano a la Mistmere, y bordeaban las Marismas Muertas con todos sus peligros.

Asfodel empezó a rebuscar en su mochila, mirando a Carthinal cuando se adentraba en el bosque en busca de más leña para el fuego. Se dedicó a buscar la comida que había empacado y dejó de lado los pensamientos sobre el apuesto desconocido.

Al menos, el agua no será un problema. Contempló el río con pesar.

Asfodel mantenía los ojos y los oídos abiertos. Al ser elfa, su vista y su oído eran muy superiores a los de los humanos. Hacia el sur, a través de los árboles, el rumor del río crecido perforaba el silencio.

Suspiró y dejó a un lado algunos frutos secos, luego buscó en su mochila la carne seca y las verduras que había empacado. No llegarían lejos y tendrían que racionarlos. Carthinal llevaría algo en su mochila, al igual que Mabryl, pero ahora el viaje sería más largo. Estarían hambrientos cuando llegaran a Hambara, si es que llegaban.

Después de examinar a su paciente inconsciente para asegurarse de que estaba bien, Asfodel se dirigió a través de los pocos árboles hacia el río, a una docena de metros, con un recipiente de metal en la mano. Su intención era conseguir un poco de agua para poder empezar a remojar la carne y las verduras para hacer un estofado.

Una vez que llenó el recipiente, se apresuró a regresar, agradecida por volver al calor del fuego. La oscuridad se extendía sobre la tierra, y con ella, el frío de una noche de finales de invierno.

Miró a su alrededor. ¿Habría animales salvajes en el bosque? ¿Animales hambrientos y salvajes?

"El fuego mantendrá alejados a los animales", dijo Carthinal, como si hubiera leído sus pensamientos.

Debió darse cuenta que tengo miedo.

Volvió a estremecerse. "Iré a ver cómo está Mabryl. Creo que me he recuperado lo suficiente como para hacerle otro ritual de curación para mantenerlo estable".

Se acercó a él. "Por favor, Sylissa, permíteme mantenerlo con vida hasta que lleguemos a Hambara", rezó, mientras la diosa le enviaba su fuerza curativa.

Al volverse hacia el fuego, oyó que Carthinal murmuraba algo. Algo sobre Kalhera, la diosa de la Muerte.

Levantó la vista. "Mabryl encontró una profecía en un viejo libro. Empezaba así, *Cuando Kalhera desciende de las montañas.* No lo entendimos, pero tal vez este diluvio es lo que significaba. Trajo la muerte de las montañas, ¿verdad?".

Miró al otro lado del fuego, a su compañero. "No está mejorando. Estoy preocupada por él. Ha perdido mucha sangre y el golpe en la cabeza ha sido grave. Además, el frío del río ha bajado su temperatura corporal a niveles peligrosos". Ella sacudió la cabeza. "Va a ser un problema trasladarlo. No sé cómo podremos llevarlo, pero desde luego no podemos quedarnos aquí".

"Debemos llevarlo a un templo lo antes posible". Carthinal echó más leña al fuego. "Leí sobre una cosa llamada convoy. Los Señores de los Caballos de las llanuras los usan para trasladar mercancías y heridos demasiado pesados para cargar. Tienen caballos para tirar de ellos, pero creo que yo soy lo bastante fuerte". Sacudió la cabeza. "Eso significará descansos frecuentes, sin embargo, y avanzaremos muy despacio. En lugar de cuatro días y medio, calculo que serán al menos seis".

Algún tiempo después, Asfodel miró a Carthinal al otro lado del fuego. Él había estado sentado en silencio con sus pensamientos, al igual que ella. Extendió la mano, puso otras tres ramas sobre el fuego y removió el caldo que colgaba sobre él en una rama suspendida de dos ramas bifurcadas clavadas en el suelo. Asfodel había mojado bien las ramas en el agua del río crecido para evitar que se incendiaran y depositaran su escaso alimento en las llamas.

Cuando estuvo cocido hasta alcanzar una textura comestible, echó un poco en los cuencos de madera que llevaban cada uno.

"Hubiera estado bien un poco de pan", dijo, "pero un pobre no debe anhelar el banquete de su señor".

Comieron sus escasas raciones y bebieron un poco del agua que Asfodel había hervido. Se había enfriado rápidamente con el aire frío, pero aún estaba desagradablemente caliente.

Se acercó a donde yacía Mabryl. "Por favor, ¿puedes sostenerle la cabeza mientras intento que tome un poco de este caldo y agua?".

Carthinal se acercó y levantó suavemente la cabeza de Mabryl mientras Asfodel le metía un poco de caldo en la boca, masajeándole la garganta para que tragara. Esperaba que al menos parte del caldo lograra escurrirse por la garganta de Mabryl.

Carthinal se levantó. "Iré a buscar algunas ramas para construir el convoy. Hay muchas por ahí después de la inundación, y no estaré lejos".

Asfodel observó cómo se adentraba en los árboles, sin apenas hacer ruido. Volvió con dos ramas, lo bastante largas y fuertes como para formar la parte principal del convoy, y luego buscó otras más pequeñas pero igual de fuertes para ponerlas como travesaños.

Mientras estaba fuera, Asfodel hirvió un poco de agua para llevarla con ellos. Necesitaba asegurarse de que estuviera limpia de enfermedades. Los sacerdotes de Sylissa sabían que el agua sucia podía transmitir enfermedades, pero nadie sabía cómo lo hacía. De algún modo, hervirla ayudaba a reducir o eliminar el problema.

Había oscurecido por completo. Las dos lunas proyectaban sombras de los árboles sobre su pequeño campamento, y la luz parpadeante del fuego las hacía bailar. Varias veces, Asfodel pensó que los movimientos eran de alguien que se acercaba, pero nada perturbaba la noche.

Antes de dormir, Asfodel hizo otro ritual de curación en Mabryl para intentar mantenerlo estable durante la noche. Era todo lo que podía hacer. No podía curarlo. ¿Podría mantenerlo estable hasta que llegaran a Hambara y al templo?

A pesar de la oscuridad, Carthinal dijo que quería

empezar a trabajar en el convoy. "Descansa un poco y yo haré la primera guardia". Cogió una de las ramas largas y la apoyó en el suelo. "A la luz del fuego puedo ver lo suficiente para trabajar en el convoy. Tendré que terminarlo por la mañana, pero puedo dejarte dormir y hacer la última guardia temprano".

Agradecida, Asfodel se hundió junto al fuego. El esfuerzo de la curación y el estrés del día la habían agotado. Carthinal se había asegurado de que hubiera un montón de leña listo para mantener el fuego encendido, tanto para calentarse como para mantener a raya a los animales salvajes.

No tardó en dormirse.

Demasiado pronto, sintió que alguien la sacudía. Abrió los ojos y miró a su alrededor. ¿Dónde estaba? Entonces todo volvió a su memoria. La inundación. La muerte de todas aquellas personas. Los gritos que, incluso ahora, resonaban en sus oídos.

Carthinal se sentó sobre sus talones y bostezó. A su lado había un convoy a medio terminar.

"Mabryl ha estado despierto, pero ahora vuelve a estar inconsciente". Carthinal bostezó. "Me ha dicho que le deje aquí, que se está muriendo. No lo haré. Le debo al menos intentar llevarlo a un templo. ¿Te importa hacer guardia? Necesito dormir un rato. Me levantaré temprano para terminar el convoy, y tú podrás aprovechar unas horas más".

Asfodel se sentó y se apartó el largo pelo negro de los ojos. El fuego estaba detrás de Carthinal, así que no podía verle la cara con claridad.

Tomó un trago y atendió a su paciente. Estaba, como dijo Carthinal, inconsciente de nuevo. Le acercó las manos a la cabeza. Parecía que el coma se había agravado, pero ella no tenía experiencia en estas cosas y, por lo tanto, estaba un poco insegura.

Fue a sentarse junto al fuego, con sus pensamientos.

CAPÍTULO VEINTE

A la tenue luz de la madrugada, terminaron el estofado de la noche anterior. Todavía hambriento, Carthinal subió con cuidado a Mabryl al convoy. Había conseguido hacer un arnés para que le resultara más fácil tirar del aparato. Con el arnés al hombro, se encogió de hombros para asegurarse de que no le iba a cortar.

Asfodel se aseguró de que el fuego estuviera completamente apagado y volvió a colocar la hierba que habían quitado, tal y como Vass le había enseñado.

Volvió a sentarse sobre sus talones. Habían pasado meses desde la última vez que pensó en Vass. ¿Lo había olvidado? El tiempo en Frelli había sido difícil, pero antes de eso, había sido maravilloso.

Suspiró y se levantó, mirando a su compañero. Es tan guapo como Vass. Tal vez incluso más, pensó, sonriendo, y luego se estremeció. No podía ser bueno pensar así de aquel hombre. Eran compañeros de viaje, eso era todo.

Carthinal sonrió. "Por favor, pon mi mochila junto a la de Mabryl en el convoy. No puedo cargarla y tirar de esta cosa también".

Comprobó que su paciente estaba lo más cómoda posible, y luego le dijo a Carthinal que podían partir.

"Esto es lo mejor que se puede hacer." Carthinal se apoyó en el arnés y comenzó a avanzar por el camino, seguida de cerca por Asfodel.

Avanzaban penosamente, haciendo pausas de vez en cuando para un breve descanso y beber algo. En esos momentos, Carthinal se limitaba a descansar en el arnés. Cada dos horas, se lo quitaba y descansaban una media hora.

Cuando se acercaban a su segunda parada más larga del día, Asfodel se dio cuenta de que el sol se acercaba a su cenit.

"Deberíamos parar un poco más y comer algo", dijo.

"Si nos detenemos una hora como máximo", replicó él, "aún podremos recorrer cierta distancia antes de que anochezca. Me gustaría hacer dos tramos antes de tener que acampar".

"No olvides que anochece pronto. Todavía es invierno".

"Lo sé, pero debemos llegar lo más lejos posible cada día. Mabryl no mejora en el camino".

Se detuvieron en un lugar donde los árboles se retiraban del borde del camino, dejando una orilla cubierta de hierba donde las flores primaverales empezaban a echar brotes antes de la floración.

Asfodel encontró un pequeño arroyo, donde repuso su provisión de agua, esperando que el agua hervida que les quedaba fuera suficiente para durar hasta que pudiera hervir este lote.

Cuando miró a su paciente, su color había palidecido. Estaba más allá de lo que ella podía curar, pero tal vez podría ayudar a evitar un mayor deterioro.

La fuerza de Sylissa penetró en su interior, cerró los ojos y la liberó en su paciente. Los párpados de Mabryl se agitaron mientras ella administraba la curación, y la herida de su cabeza se desinflamó un poco.

Espero que lo poco que pueda hacer sea suficiente para evitar la muerte hasta que lleguemos a Hambara.

Carthinal estaba tumbado en el suelo, tratando de aliviar la tensión en la espalda que le provocaba el empuje del convoy. Se incorporó cuando Asfodel se acercó.

"Déjame intentar aliviar un poco la rigidez".

"Guarda tu curación para Mabryl", replicó. "Él la necesita más que yo. Estaré bien después de descansar".

Miró al joven tendido en la hierba. "¿De verdad crees que toda curación consiste en usar la fuerza de la diosa, Carthinal? Hay más que eso. Puedo aliviar tus músculos con un pequeño masaje, sabes".

"¡Oh! Lo siento. Sería un alivio".

"Túmbate boca abajo e intentaré aflojar esos músculos".

Carthinal se dio la vuelta, y las manos de Asfodel amasaron con pericia los músculos cansados de la parte baja de su espalda. Sintió que empezaban a relajarse.

Al cabo de unos minutos, dejó de masajear y dijo que debían comer algo antes de ponerse en marcha. El sol había pasado su punto más alto, así que comieron frutos secos y bebieron un poco de agua.

Asfodel intentó darle agua a Mabryl, pero cada vez le costaba más tragar. Esto la preocupaba. Sin embargo, la mejor esperanza era llevarlo a Hambara lo antes posible, así que siguieron adelante.

Carthinal y Asfodel avanzaron por las colinas entre las Montañas del Oeste y las Montañas de la Perdición, al este, de donde procedían las aguas de la inundación. Cuando el sol se ocultó tras las colinas, encontraron un claro entre los árboles. No había arroyo, y Asfodel agradeció el agua que había recogido antes. La hirvió en el fuego que había encendido Carthinal. Cuando estuvo lista, sacó un poco de la olla y la puso a enfriar en sus odres, y al resto le añadió un poco de carne seca y algunas hierbas y hongos comestibles que había encontrado durante el viaje.

Después de comer, Carthinal bostezó y se estiró. Asfodel se ofreció a hacer la primera guardia para poder dormir un poco, ya que llevaba todo el día empujando el convoy. Carthinal no se opuso. Estaba agotado por el arduo esfuerzo.

Fue a darle a Mabryl un poco de caldo -la mayor parte se le derramó por la barbilla- y también un poco de agua, y le aplicó el último ritual curativo del día. Se sentó junto al fuego a esperar y observar. También oró a su diosa para que los mantuviera a salvo durante la noche.

Hacía frío esta noche. Las dos lunas y las estrellas parecían tan cercanas como para tocarse cuando aparecían en el hueco de los árboles, y su aliento formaba una niebla en el aire. Era un espectáculo realmente magnífico, y observó cómo giraban las constelaciones en el cielo nocturno.

Al cabo de un par de horas, que calculó por el movimiento de las dos lunas, Asfodel despertó a Carthinal.

Gimió al incorporarse. "¿Ya es mi guardia?".

Se quitó las mantas, bebió un trago de agua y fue a sentarse junto al fuego, con la espalda apoyada en un árbol caído.

Los pájaros empezaban a cantar cuando Asfodel se revolvió entre las mantas. Entreabrió los ojos.

De repente, estaba despierta y sentada.

Allí, sobre un tronco, alimentando el fuego con algunas ramitas frescas, había un enano. Tenía el pelo castaño y barba. Tenía los ojos color avellana y usaba una armadura de cuero. Una capa gris doblada yacía en el suelo a su lado.

Presa del pánico, miró a su alrededor en busca de Carthinal y lo vio desplomado contra el tronco en el que había estado sentado. Se puso en pie de un salto, en cuclillas, dispuesta a utilizar sus habilidades de combate. Observó al enano y se dio cuenta de que su ballesta yacía en el suelo a su lado, con los pernos junto a ella. También había allí un hacha de batalla enana.

Olfateó el aire. Olió a carne cocinándose y vio un conejo en un asador sobre el fuego.

"Bueno, ¿vas a luchar conmigo o a comer conmigo?". Dijo el enano con voz ronca. "Preferiría que comieras, pero si lo que quieres es pelea, entonces accederé. Sin embargo, no me impresiona tu elección de compañero de viaje. Quedarse dormido de guardia es una de las peores cosas que puedes hacer en la naturaleza. Si no hubiera venido a cuidaros, quién sabe lo que habría pasado".

Asfodel dirigió una mirada a Carthinal.

El tono del enano se suavizó. "No te preocupes por mí, muchacha. Ven a sentarte cerca del fuego y come algo. El conejo está fresco. Se coló en el campamento mientras estaba aquí sentado esperando a que te despertaras, así que le disparé y tuve suerte".

El olor a carne asada hizo que a Asfodel se le hiciera la boca agua. Ella y Carthinal apenas habían comido lo suficiente en los dos últimos días.

Lo miró y luego volvió a mirar al enano.

"Está bien. Sólo está dormido. No le he hecho daño ni a un pelo".

Carthinal se removió. "Me ha parecido oír voces", murmuró.

"Carthinal, tenemos visita. Y ha traído el desayuno".

Carthinal se incorporó y vio al enano. "¿Cómo sabemos que podemos confiar en él?", dijo en voz baja.

"No lo sabemos", susurró Asfodel, "pero creo que tiene ventaja. Tiene sus armas a su lado. Será mejor que le sigamos la corriente. De todos modos, me gustaría comer un poco de ese conejo, ¿a ti no?".

Carthinal asintió y se volvió hacia el enano. "Ahora ya sabes mi nombre. ¿Tenemos el honor de saber el tuyo?".

"Lo siento". Se levantó y se inclinó ante cada uno de ellos.

"Muy descuidado de mi parte. Soy Basalt Strongarm. Mis amigos me llaman Bas. Ahora, ¿qué hay de la hermosa joven?"

"Asfolesaria."

"Vamos, sabes que mi lengua enana no puede entender ese nombre tan extravagante. ¿Cómo te llaman fuera de tus tierras élficas?"

"Normalmente la gente me llama Asfodel".

"Te queda bien. Una flor bonita para una chica bonita. Bueno, ahora que las presentaciones han terminado, ¿qué tal si comes un poco de este conejo conmigo? Está casi listo. Y ya que aproveché tu fuego, es justo que lo comparta contigo".

La charla se detuvo mientras comían el conejo. Estaba delicioso. Doblemente, ya que estaban hambrientos. Saborearon la comida, y lamieron cada gota de jugo de sus dedos.

Basalt arrojó los restos del conejo a los árboles. "Para los zorros o algo así". Se encogió de hombros. "Lo que venga. ¿Adónde te diriges? ¿A Hambara?"

Asfodel y Carthinal se miraron. Ninguno de los dos estaba seguro de si fiarse o no del desconocido.

Carthinal hizo un leve gesto con la cabeza a Asfodel, indicándole que no haría ningún daño decirle adónde se dirigían.

"Sí", respondió ella. "Vamos en esa dirección. Perdimos a nuestros compañeros en una inundación repentina en el vado sobre el Brundella. Fuimos los únicos que tuvimos la suerte de sobrevivir. Aunque Mabryl resultó gravemente herido. Nos quedamos sólo con lo que llevábamos. Que es muy poco - añadió para recalcar que no valía la pena robarles.

Basalt asintió. "Yo también estuve en la inundación. Iba más atrás en la caravana y me arrastró la corriente. ¿No es raro que el Brundella se inunde en esta época del año? Según tengo entendido, las inundaciones no suelen producirse hasta después de Año Nuevo. Falta un mes para entonces".

"Sí, así es", dijo Carthinal. "El clima más cálido suele empezar a derretir las nieves en las montañas después del equinoccio. Sólo los dioses saben por qué este año es diferente".

Asfodel se levantó y fue a atender a Mabryl. Le dio un poco de agua y le hizo el primero de sus rituales curativos diarios. Le pareció que tenía mejor aspecto esta mañana.

Oyó decir a Basalt: "Voy en la misma dirección que tú, muchacho, así que si aceptas la compañía de un enano, me gustaría acompañarte. Si nos encontramos con algún problema, tengo mi ballesta y mi hacha".

Carthinal extendió la mano. "Bienvenido a nuestra pequeña banda".

Basalt la cogió y ambos se estrecharon la mano, intercambiando una cálida sonrisa.

Basalto miró al convoy y a Mabryl. "Por algo me llaman Brazo Fuerte. Yo me encargaré primero de este aparato. Tú puedes llevar algunas cosas en él".

Carthinal no discutió. Asfodel notó la expresión de alivio en su rostro.

El sol ya estaba en el cielo, no acababa de salir, como el día anterior. Seguía haciendo frío, pero no tanto como de costumbre un mes antes del comienzo del año.

En Vimar, el año comenzaba con el equinoccio de primavera, cuando las hojas de los árboles empezaban a brotar y los pájaros a anidar. Ahora transcurrían las últimas semanas del año.

Carthinal ajustó el arnés en los hombros de Basalto y se aseguró de que estuviera cómodo, luego recogió su mochila y la de Mabryl.

Recorrieron el camino durante casi dos horas, con una breve parada. Basalt y Carthinal habían decidido hacer paradas de dos horas, cada uno empujando el convoy, así que en ese momento cambiaron.

Basalt se frotó los hombros y los rodeó varias veces. "Son

ustedes más duros de lo que parecen, si han hecho esto durante un día entero solos".

Continuaron su viaje hacia Hambara, compartiendo el duro trabajo de tirar de Mabryl. Cuando se detuvieron para pasar la noche, los tres se habían hecho amigos.

Antes de partir a la mañana siguiente, Asfodel se acercó a Mabryl, seguida de cerca por Carthinal. En cuanto se arrodilló junto al convoy, supo que algo iba mal. Pasó las manos sobre el mago, como había hecho antes, pero no sintió nada. Volvió a intentarlo, y le rezó a Sylissa para que la ayudara. Tal vez había hecho algo mal y Sylissa no podía responder.

No sentía nada.

Colocó la mano sobre el corazón del mago, buscando latidos.

Nada.

Apoyó la cabeza en su pecho y escuchó.

Silencio.

Miró a Carthinal, con lágrimas en los ojos. "Lo siento. Hice todo lo que pude, pero no fue suficiente".

El joven frunció el ceño. "¿Qué quieres decir?"

"Kalhera se lo ha llevado, Carthinal. Murió por la noche".

Carthinal se dio la vuelta y se pasó la mano por los ojos. Se volvió y se arrodilló junto al anciano.

"Lo siento, Mabryl". Se le quebró la voz y apoyó la cabeza en el pecho del hombre.

Basalt se acercó y puso la mano en el hombro de Carthinal.

"Hiciste todo lo que pudiste, muchacho. Nadie podría haber hecho más".

El joven sollozó, luego se puso en pie y se dio un puñetazo en la mano.

"¿Por qué tuvo que morir con nosotros? ¿Por qué no podía haber esperado hasta que llegáramos a Hambara y al templo? Allí habría tenido una oportunidad".

Asfodel se levantó, mirando al hombre en el convoy.

"Ojalá hubiera podido hacer más. Tal vez podría haberme esforzado más, haber hecho más rituales de curación".

"No podrías haber hecho más, Asfodel", dijo Basalt. "Ya estabas agotada".

Carthinal negó con la cabeza. "Nadie podría culparte. Maldita sea Kalhera por quitarme a mi padre. Ya me ha quitado dos padres".

"Tranquilo. No es bueno maldecir a los dioses, sean cuales sean las circunstancias". Basalt miró a su alrededor como si esperara que Kalhera apareciera y los fulminara a todos.

"¿Qué vamos a hacer ahora?". Asfodel miró a Mabryl.

"No lo dejaré aquí para las bestias salvajes". Los ojos añiles de Carthinal parecían aún más oscuros.

"Los elfos creemos que es justo y apropiado que un cuerpo vuelva a la naturaleza cuando ya no lo necesita el alma que lo ocupaba".

"No es un elfo", espetó Carthinal. "Los humanos entierran a sus muertos. Debemos darle un entierro apropiado, como él habría deseado".

Basalt se encogió de hombros y, de mala gana, utilizó su hacha de batalla para abrir un agujero en el suelo. Fue un trabajo duro, y Carthinal tomó el relevo al cabo de un rato.

Lograron cavar un hoyo de un metro de profundidad, pero les llevó todo el día en la dura tierra.

Basalto miró con pesar la hoja de su hacha de batalla y pasó el dedo por el filo.

"¡Mmm! Necesitará muchos cuidados para recuperar su filo anterior".

Carthinal se volvió hacia la tumba. "No es muy profunda, pero supongo que será suficiente".

Basalt miró a su alrededor. "Podemos apilar piedras para ayudar a protegerla. Hay muchas por aquí".

Asfodel miró al cielo. "Está oscureciendo. Será mejor que descansemos esta noche y lo enterremos mañana".

Tras encender un fuego, Basalt y Asfodel comieron. Carthinal no comió nada, sólo se sentó melancólico. De vez en cuando se pasaba una mano por los ojos y olfateaba.

Al cabo de un rato, se acercó al cadáver.

"No deberías haberte ido así, viejo amigo. Nos quedaba tanto por hacer. Tanto por decir". Hizo una pausa. "Nunca te di las gracias por darme una oportunidad, por ser amable y comprensivo, por traerme disciplina donde no la había".

Se arrodilló junto al cuerpo. "Nunca te dije lo mucho que me importabas. Te convertiste en mi padre cuando apenas recordaba al mío. Fuiste el amigo que nunca tuve. Fuiste el maestro que me inspiró y me enseñó mucho más que mis lecciones. Atesoraré tu recuerdo e intentaré vivir como tú me enseñaste".

Se le escapó un sollozo y se secó los ojos. "Aunque será duro, haré mis Pruebas como me pediste. Ahora seré fuerte. Te he llorado profundamente, y seguiré haciéndolo todos los días que viva, pero una vez me dijiste que mirara siempre hacia el futuro. *Aprende del pasado,* dijiste. *Recuérdalo, pero no vivas en él.* Un buen consejo. Eras el hombre más sabio que conozco. Adiós, padre mío".

Carthinal se levantó lentamente y volvió a donde estaban sentados los demás.

Asfodel le observó. ¿Cómo afrontaría esta pérdida? Apenas lo conocía, y esperaba que no se desmoronara. Era evidente que Mabryl había significado mucho para él.

Asfodel se sentó a hacer su guardia nocturna. Oía los sollozos ahogados de Carthinal y el movimiento constante de Basalt. Un búho ululó, seguido del aullido de un lobo. Tembló y se acercó al fuego.

Carthinal se puso en pie. "Ahora vigilaré yo". Puso

algunos troncos en el fuego. "No voy a dormir, de todos modos. Descansa un poco".

A la mañana siguiente, bajaron el cuerpo a tierra. Asfodel entonó un triste himno de duelo, encomendando el alma de Mabryl al cuidado de Kalhera, la diosa de la muerte y del Inframundo. Rezó una breve plegaria a Kassilla, la diosa principal, para pedir que Mabryl pudiera volver algún día a la Rueda de la Vida.

Carthinal echó la primera tierra sobre el cuerpo y se dio la vuelta mientras Basalt terminaba de rellenar la tumba. Cuando los demás se apartaron, volvió a acercarse.

Asfodel le oyó susurrar: "Adiós. Vendré a visitarte".

Empezó a apilar rocas sobre la tumba, ayudado por Basalt y Asfodel.

El silencioso grupo abandonó el claro del bosque donde habían enterrado a Mabryl. Nadie habló durante el resto de la mañana. Carthinal se detenía de vez en cuando y miraba hacia atrás, olfateando y frotándose los ojos.

A primera hora de la tarde, abandonaron el bosque. La tierra se extendía ante ellos en colinas bajas y verdes. Podían ver algunas pequeñas granjas dispersas. Ovejas y cabras pastaban en los campos, y en alguna granja había algunas vacas.

Descansaron bajo un árbol en un pueblo. Los niños se quedaron mirando a los forasteros, especialmente a Basalt.

El sol empezaba a descender hacia las montañas occidentales cuando llegaron a la cima de una colina. Se detuvieron. A mitad de camino, pudieron ver a un hombre de negro luchando contra seis criaturas que Asfodel no reconoció. Eran humanoides, pero ahí terminaban todas las similitudes. Ligeramente más pequeños que un humano medio, tenían una piel que, a la luz del atardecer, parecía tener un tinte azulado.

Frunció el ceño. ¿Qué eran esas criaturas? Vio cómo una de ellas lanzaba un espadazo al hombre de negro, que saltó hacia atrás para esquivarla, pero sólo consiguió ponerse al alcance de otra que tenía detrás.

Al oír un ruido a su lado, Asfodel se volvió y vio a Basalt accionando su ballesta. Colocó una saeta en ella y apuntó con cuidado.

Será difícil hacerlo bien. Con tanto movimiento, podría darle al hombre.

Pero el proyectil de Basalt voló certero, y una de las criaturas cayó, con su larga cabellera negra volando a su alrededor.

Carthinal también había estado ocupado. Lanzó un hechizo y Asfodel vio cómo un rayo plateado de energía salía disparado de su dedo, directo hacia otra de las criaturas de piel azul. También cayó. Cuando sólo quedaban cuatro atacantes, el hombre vestido de negro consiguió matar a uno, y Carthinal lanzó otro hechizo que durmió a dos de los tres restantes. Tras deshacerse del único que quedaba, el hombre mató fríamente a los que dormían.

Caminó hacia ellos. "Gracias, forasteros. Estaba en una situación un poco complicada".

Asfodel miró a un par de ojos casi negros. "¿Qué eran esas criaturas?".

El rostro del hombre se endureció. "¡Orcos!" Escupió a los cadáveres. "No se veían en Khalram desde hacía siglos, hasta ahora".

Se desató una correa de cuero que se le había soltado, dejando que su largo pelo negro le cayera sobre la cara. Después de apartarlo, volvió a atarlo.

Carthinal frunció el ceño. "¿Dices que son orcos?

Se quedó pensativo unos minutos y luego abrió la mochila de Mabryl. "Sí, aquí está".

Asfodel intentó mirar por encima de su hombro para ver lo que sostenía, pero era demasiado corta. Les agitó un trozo de papel y se volvió hacia Asfodel.

"Ésta es la profecía que mencioné. Te la leeré.
Cuando Kalhera desciende de las montañas,
Y los orcos vuelvan a vagar por la tierra,
Cuando las bestias imposibles ocurran,
Y el Hombre que Nunca Muere esté de nuevo al alcance de la
mano,
Entonces la Espada que se perdió debe ser encontrada una
vez más.
Sólo ella puede destruir la amenaza
Y matar al mortal inmortal
Para saldar su deuda".

Carthinal dobló el papel y lo guardó en la mochila de Mabryl. "Bueno, hemos tenido muerte de las montañas, y ahora orcos. Quizás este sea el momento de la profecía. Mabryl no estaba seguro de cuándo se refería".

El forastero frunció el ceño. "¿Pero qué significa el resto?".

Asfodel notó un rastro de acento. Si su piel oscura no le hubiera delatado, habría sido incapaz de ubicarlo. La gente con la piel del color de este forastero alto venía de más allá del Gran Desierto. ¿Qué hacía en Grosmer?

Carthinal suspiró. "No podíamos decidir qué significaba. El problema con las profecías es que normalmente sólo se aclaran después de que haya ocurrido el acontecimiento al que se refieren".

"¿Hacia dónde te diriges?" Basalt estiró el cuello para mirar al desconocido.

Asfodel sonrió al ver al enano junto a aquel hombre. *Debe medir por lo menos 1,85 m.*

"A Hambara", respondió el forastero. "Me gustaría encontrar algún trabajo. Tal vez como guía de una caravana, o como rastreador o cazador. Algo en lo que pueda usar mis habilidades de guardabosques".

Basalt asintió. "Bueno, ¿por qué no nos acompañas? Sería más seguro que viajar solo, especialmente si hay orcos cerca".

Ante la mención de orcos, el extraño escupió de nuevo antes de responder. "Gracias, amigo. Aceptaré tu oferta. Soy Fero. Fero Sandalman. Vengo de más allá del Gran Desierto. De Beridon, de hecho".

Basalt presentó a los demás y a sí mismo, y los cuatro partieron de nuevo hacia Hambara.

Asfodel evaluó a Fero. No era tan guapo como llamativo. Se comportaba con un aire de confianza. Y vestido de negro como iba, con el pelo negro, la piel y los ojos oscuros, causaba una gran impresión.

Su mirada se desvió hacia Carthinal. El joven mago era más guapo que Fero. También tenía ese aire de confianza, aunque ahora no era tan evidente, ya que estaba de luto. De vez en cuando, el semi-elfo giraba la cabeza y ella veía cómo se llevaba la mano a la cara y se enjugaba los ojos.

Basalt y Fero se adelantaron, y el enano tuvo que trotar para seguirlos. Asfodel soltó una carcajada, y Carthinal la miró.

"Estaba pensando en lo cómicos que parecen esos dos, con Basalt tan bajito y Fero tan alto".

Se sintió gratificada al ver aparecer una sonrisa en el rostro de Carthinal.

Asintió con la cabeza. "Tienes razón. Parecen una pareja extraña".

Las colinas pasaban mientras caminaban. Llegó la noche y, como la fortuna quiso, llegaron a un pueblo donde había una posada.

"¡Ah! Una cama para dormir, en lugar del duro suelo". Asfodel se dirigió a la puerta.

Aquella noche descansaron bien y cenaron. El casero había asado un cerdo. Y con patatas asadas al fuego, comieron hasta saciarse.

Fero y Basalt se quedaron bebiendo y charlando en el bar cuando los otros dos se fueron a sus habitaciones.

Asfodel se despertó temprano cuando los primeros rayos del sol penetraron por su ventana. Se estiró. Qué bien se estaba en la cama. Se tumbó y se tapó con las sábanas. Estaba calentita y cómoda.

Llamaron a la puerta. "Asfodel, tenemos que irnos". Era Basalt.

Con un gemido, ella lanzó sus piernas sobre el borde de la cama.

"Ya voy."

Se puso una bata blanca limpia, dobló la ropa de dormir y la guardó en la mochila. Hizo una mueca al doblar la bata que había usado los últimos días. Casi seis días desde que salió de Bluehaven. La túnica tenía manchas de barro y olía fatal.

Los hombres habían pedido el desayuno. Panecillos calientes cocidos al vapor en un plato, con mantequilla amarilla y conservas caseras.

Asfodel sonrió al ver una cafetera sobre la mesa. "¡Oh, café! No me había dado cuenta de cuánto lo echaba de menos". La cogió y se sirvió una taza grande. "¿A cuánto está Hambara?", preguntó al casero.

"Un par de días. Depende de lo rápido que camines".

Al menos una noche más durmiendo en el frío suelo.

Comieron los panecillos y pagaron el alojamiento. Cuando salieron, su aliento humeaba en el aire frío. Asfodel se estremeció. Pronto entrarían en calor mientras caminaban.

Al anochecer del segundo día, se encontraban en una colina desde la que se dominaba una gran ciudad. Desde allí podían ver claramente el trazado de la ciudad. Parecía estar formada por anillos concéntricos. El anillo exterior estaba formado por almacenes y fábricas. En su interior había grandes casas.

Luego estaban las murallas que rodeaban la ciudad, con cuatro puertas.

"¿Por qué hay tantos edificios fuera de las murallas?". se pregunta Asfodel en voz alta.

"Supongo que es porque no ha habido guerras en mucho tiempo". Carthinal se rascó la barbilla. La barba incipiente que usaba cuando partieron se había convertido en una barba castaña.

En el interior de las murallas se cruzaban cuatro caminos. En el lado noroeste había una gran casa con terrenos que descendían hasta las orillas de un enorme lago azul. El barrio noreste era un revoltijo de casas, mientras que el sureste estaba más organizado.

"¿Ves esa torre? Carthinal señaló un edificio alto en el barrio suroeste de la ciudad. "Esa debe ser la torre de los magos, adonde me dirijo".

"Y parece estar en el distrito de los templos", dijo Asfodel. "Mira las cúpulas y campanarios que hay cerca. Deben de ser los templos".

Miró a sus tres compañeros. Una vez que llegaran a la ciudad, cada uno seguiría su camino, y ella probablemente no volvería a verlos.

Asfodel miró a unos y a otros. Los tres le caían bien. Eran buenos hombres.

Mirando hacia la ciudad, se preguntó si haría amigos en el templo. Una vez más, miró a sus compañeros. Los cuatro intercambiaron miradas, como si los mismos pensamientos pasaran por sus mentes.

"Bueno, ya hemos llegado. Supongo que deberíamos irnos antes de que cierren las puertas". Se puso en marcha colina abajo, seguida por los demás.

Querido lector,

Esperamos que hayas disfrutado leyendo *Sueños de una Joven Elfa*. Tómese un momento para dejar una reseña, incluso si es breve. Tu opinión es importante para nosotros.

Atentamente,

V.M. Sang y el equipo de Next Chapter

SOBRE LA AUTORA

V.M. Sang nació en el noroeste de Inglaterra, en una pequeña ciudad llamada Northwich. Allí fue a la escuela hasta que se marchó a Manchester para formarse como profesora, donde estudió Ciencias, Matemáticas e Inglés.

Fue profesora de secundaria hasta que se jubiló anticipadamente.

V.M. está casada, tiene dos hijos y tres nietos.

Empezó a escribir fantasía justo antes de jubilarse. Sus primeros libros fueron un escenario de Dragones y Mazmorras que escribió para un club de D&D. Se suponía que iba a ser un libro, pero no fue así. Se suponía que iba a ser un libro, pero se convirtió en al menos 4. Los 3 primeros están publicados por Next Chapter Publishing.

Decidió escribir Vengeance of a Slave (La venganza de un esclavo) para adentrarse en la ficción histórica. Disfrutó mucho investigando para ello, y ahora ha terminado una secuela ambientada en la época de los vikingos, titulada Jealousy of a Viking (Celos de un vikingo).

Cuando no escribe, a V.M. le gusta ver deporte, sobre todo fútbol. También hace muchas manualidades, como tarjetería, ganchillo, encaje de bolillos, pintura y dibujo.

Sueños de una Joven Elfa
ISBN: 978-4-82417-857-2

Publicado por
Next Chapter
2-5-6 SANNO
SANNO BRIDGE
143-0023 Ota-Ku, Tokyo
+818035793528

15 abril 2023